二魚文化

THE CURIOUS TALES OF RADEVORMWALD

拉得弗森林異童話

地圖上沒有的德國小鎮 Radevormwald
莊祖欣短篇故事集

莊祖欣 Cindy Kuhn-Chuang

拉得弗森林異童話

地圖上沒有的德國小鎮 Radevormwald，莊祖欣短篇故事集

CHAPTER 1　隨想筆記

CHAPTER 2　朋友與我

CHAPTER 3　故事中的故事

推薦序／森林小鎮的藝術家——我的女兒祖欣

范宇文

這本書是我的大女兒祖欣出版的第二本書。去年二〇一五年七月她的第一本書面市，凡讀過的人無不稱好。我自己也反覆閱讀好多遍，每看一遍心情就跟著文字的奧妙讓我不自主的或深思或快樂一次！

祖欣的文章內容多樣，寫法風趣、細膩、觀察入微，每篇故事的表達再再引人入勝；妹妹祖宜去年也在同時間出版第三本書。朋友們總問我：「妳怎麼教養出如此優秀的兩個女兒？」我必須誠實的說，兩個女兒的好，我真的不能居任何功勞。她們從小獨立、自愛、自動、還知道長大以後的志向是甚麼，從來沒有給她們的爸爸和我添過大麻煩。在這裡我不得不感謝老天賞賜給我這麼傑出的兩個女兒！

祖欣從小受外公外婆的影響最深。她爸爸和我年輕時忙於工作或學習（她爸爸要打拚事業，我則忙於教學和演唱），便將祖欣交給最愛她的外公外婆，兩個老人家都叫她小公主呢！外公的詩詞、書法、集郵、剪貼……都是一絕，外婆的嘮叨、理家和做四川菜的本事，讓從小生活在這樣環境裡的祖欣深受影響、薰陶，奠定了後來能在德國發揚中華文化的精神底蘊。

我記得祖欣出生後十一個月就能說清楚的話語。外公教她唸唐詩，她一歲左右就可以用外公的四川腔唸：窗前明月光……白日依山盡……春眠不覺曉……，表情煞是可愛！從幼稚園到小學，只要小朋友吵鬧不休時，老師就讓「莊祖欣」到臺前來講故事，小朋友們就會安靜下來。您看祖欣說故事的本領，是從小就開始的。

祖欣二十二歲大學畢業，為了追尋她的愛情（在她的第一本書《拉得弗森林的藝術家》的序文中，祖宜有詳細的介紹），毅然決然的隻身到全然陌生的德國。大家會問：「你們怎麼放心讓寶貝女兒一個人遠渡重洋到那麼遠的地方？」因為她爸爸和我都了解愛情的力量和偉大，我們是阻止不了的，只能祝福。所幸，她當年追求的愛情十二萬分的完美，安德烈愛她疼她，還生下兩個會說中國話的帥小子。祖欣的個性極感性，又堅強，二十三年來，她全家四口幾乎每年都回來臺灣看望我們兩老，我們甚感欣慰！

祖欣生活的小鎮，她把它翻譯成「拉得弗森林」，真正是一個極美麗又安靜的小鎮。她從一開始語言不通，到現在成為小鎮的藝術家代表，中文字、畫、會話的老師，還教合唱、辦畫展、音樂會、勤練聲樂，以及經常受邀獨唱會；小鎮沒有像樣的餐廳，想吃中國飯菜，就得自己做，還因此練就一身了得的廚藝功夫！

二十三年來，她深入德國家庭、社會，她仔細觀察、用心體會、重新整理……，把心得一篇篇的寫下來，累積起來竟有一兩百篇之多。她將這些故事、文章，前後發表在中央日報、部落格及臉書上，追蹤訂閱的人數不斷增加，其間也有不少出版社看上她的文筆、與她接洽下，祖欣認為與「二魚文化」最能靈犀相通。在此，謝謝二魚文化的「伯樂」編輯群，你們有眼光！也希望藉著祖欣的文章，帶給讀者更多想像的空間和正面的能量。

作者序／魔幻 v.s. 寫實的生活紀錄

自從處女作《拉得弗森林的藝術家》二〇一五年七月問世以來，我得到最多的讀者回應就是：什麼時候出新書？等不及要看第二本了。

想不到，二〇一五年的最後一天，德國《山中晨報》*Bergische Morgenpost*登了整整半個版面，標題是「藝術家、畫家，竟然也是作家」。而得到最多的讀者人士的反應是：什麼時候以德文寫書？

報紙刊登兩三天後，接到鎮上書店打來的電

莊祖欣

話，說收到好多個訂書詢問，小鎮民要訂購我的《拉得弗森林的藝術家》一書！

「有沒搞錯？中文的耶。」我握著電話回應書店老闆：「德文讀者看不懂的啦。」

「我知道啊。哎呀，庫恩太太，」老闆說：「看不看得懂，這個心您就不用替他們操了。只請您告訴我，書該怎麼訂？一本打算賣多少錢。」後來我得知，買書者有間接認識華人親友的，有聽過我的音樂會、看過我畫展的支持者，有學漢語漢字學到走火入魔者！

寫作至今，得到無數讀者的鼓勵與回應。世界變得很完整，不像以前——德國、臺灣的拼圖碎片，到老不相接，時差相隔縱然只有六、七個小時，心的距離卻得以光年單位計。爸媽和家鄉人想像不出我一個人在森林小鎮是怎麼存活下來的。當我牽著兩個混血小男生回臺灣參加表妹或妹妹的婚禮時，親友問我在德國忙些什麼啊，住在歐洲很悠閒噢？很辛苦噢？每天都吃德國豬腳嗎？我說忙這忙那，很少吃德國豬腳，像訴說月宮的故事似的，親友的眼光逐漸渙散，算了，不問德國了，還是建議我，回到家鄉來上哪兒去吃、到哪兒去捏、搶哪家百貨公司大減價去買……，德國森林的一切太遙遠、太抽象，太不干痛癢了。

寫作的前身是，聲響與氣味突然變成了栩栩如生的畫面，我懷疑，怎麼可能只有我一個人能見此景？有一天我跟我的鋼琴伴奏萊呢說，你沒看見嗎？這首巴哈的鋼琴曲一彈奏起，五線譜上的豆芽菜就變成了無數個小人，熙熙攘攘、忙忙碌碌、相聚相戀、怨恨分離……。翻著媽媽給我的陳舊樂譜練義大利詠嘆調時，鼻子裡浮上一種「威爾第就要從墳墓裡爬出來糾正我義大利文發音」的急迫、陰森氣味。

鋼琴家萊呢說：「Cindy，我看妳非把這些畫面寫下來不可，如果我是製片家，就幫妳拍成短片了，偏偏我只會彈鋼琴，不會拍片，妳真的非寫不可！」

於是我開始寫。寫作有兩個願望，一個就是讓這些異想天開的畫面長手長腳，讓他們被實際生活的點滴貫穿起來，因為日復一日的日常生活太規律而沉悶了，極需要魔幻畫面來調劑調劑；另一個就是連結人心，因為沒有一地的人心遙遠到不可理喻。每一種寂寞、每一種思念、每一種渴望，都持續在人間，用不同的語言或曲調，重複訴說／吟唱著同樣的心情。不論在世界哪一個角落過活，先進國家也好、第三世界、甚至非洲叢林也好，人人都重複著類似的生理規律—餓、做飯、搞亂廚房、吃、收拾，或者，餓、隨便亂吃、懶得收拾……，稍稍的變動往往就是故事的轉戾點。所謂的民族性，其實是被氣候與地理環境、戰爭與歷史反覆造就、反省、修正而成的。我覺得歐洲人跟臺灣人一樣有人情味，只是表達方式不同；德國人跟華人一樣重視家族傳承、慎終追遠，只是比合群謙卑的儒家文化，更強調自尊自強的個人主義。只要一理解，人心就靠近、妒忌變同情、怒目轉友誼。

寫文章、說故事、整理思緒、引出邏輯、顯示意義，彷彿氣喘吁吁地爬到了山巔，突然一視千里，疲憊與成就，謙卑與崇高的感受交替，不可言喻；像踉蹌學騎單車的小孩剎那間找到了平衡，恨不得一口氣騎至世界的盡頭；像……像期待為人母的婦人，喜見驗孕器的視窗上終·於·顯示的兩條藍槓槓，這個過程，屢試屢敗、屢敗屢試，直到文章總算現出輪廓，作者其實不再是「作」者，他只是輸送創意靈感的「真空管」，「清醒」跟「喜悅」地「接收」與「放送」意念轉化的文字，文章的脈絡細胞在眼前神奇地繼續分裂，段落分明有如胎兒的器官漸漸成形。這個時候，每個一呼一吸都是驚訝與感激。

這本書裡收錄的文章正好結合了以上我的兩個願望：長手、長腳、長翅膀的魔幻寫實、生活故事，和連結文化、人心的實際經驗故事。為什麼要講故事，因為有一句德國諺語這麼說：跟你的孩子作「愛的說教」，他就學會了說教；而「愛」你的孩子，他就學會了愛。意思就是，心動與行動的力量永遠大於經典戒律，而且更能感動持久。有人說，臉書上唯有放美食照片才能得到高人數按讚，而批時論政的發言全不討好，氣餒不寫了。若套上前面諺語的邏輯，就是看多了批時論政的文字，也就想過過「批論之癮」，而批論為達舞臺效果，當然就得配合吹鬍子瞪眼睛，誰也不苟同誰。但是若能把政經哲理寫得如美食一般「大快朵頤」，就是掌握了敘述的藝術，它的關鍵，我想，就是過生活、做記錄和說故事了。

幾萬年前熊熊火光跳躍中的長鬚老人已經披著獸皮，坐在山頂洞人的岩穴裡講故事了，他邊講，邊起身往岩壁上刻劃下情節簡圖及道德教訓。從山頂洞人一直到網路、航太世代，一萬年來，人的情節一演再演——跌跌撞撞、分分合合，重複訴說四海之內皆兄弟的、勾人肚腸、深植人心的道義和情理。

CHAPTER 1

隨想筆記

歷史，種族，難民

小兒子升上十年級，必修歷史課。學期開始後第一天上課，老師大致介紹一下這學期要囊括的課程範圍——古希臘、羅馬帝國、中古時期……，兒子舉手問：「老師，我們會學亞洲國家的歷史嗎？像中國、日本、印度史……等等？」

全家旅行時，經常接觸到各國的文化歷史、各個族群的遷徙、融合與矛盾，牽涉到東亞的歷史知識，我就把知道的、以前學過、後來讀到的，講給他們聽，安德烈和兩個兒子聽得津津有味，屢次激起大家查詢更多資料的興趣。

偏偏老師說：「喔，不會，亞洲史不好玩，很枯燥乏味啦，沒什麼好學的。」兒子回家失望地說，我搖搖頭：「你這個老師啊，毫無概念，亂下結論，什麼枯燥乏味？真是一派胡言！」

我會這麼說，是有根據的。好幾年前我在中學教中文課，跟聘請我的校長聊過幾次。校長是歷史學博士，他的辦公室內盡是歷史書籍，我一瞥書架，不禁好奇地問：「德國中學的歷史課也學習東亞史嗎？」他皺眉撇嘴，想了想，翻開六百多頁厚的歷史教科書中間的兩個跨頁，給我看，標題是一九〇〇年的「庚子拳亂」，和之後引起的「八國聯軍」和「辛丑條約」，就是全部，其他關於中國、東亞的歷史、文化、宗教、哲學，沒有隻字片語。而且，六百多頁的歷史課本題材太多太長了，反正教不完，大部分的老師會根本跳過這一章節。再往後翻幾頁，提到日本偷襲珍珠港事件，最後吞下廣島、長崎的兩顆原子彈投降，對於他們侵略中、韓、南洋的戰史一字沒提。也就是說，一般高中畢業的德國人，對東亞歷史是毫無概念的。

二十幾年前我在美國參加露營隊，其中一位隊友是愛爾蘭都柏林大學的歷史系學生，他說他研究的主題是「文藝復興」。「喔，那個啊！」我表示禮貌和興趣，從高中學的世界文化史中挖出幾個記得的名詞來迎合他，「十四至十七世紀起源於佛羅倫斯的文化運動，達芬奇、米開朗基羅的藝術成就是它的巔峰……等等，對不對?」」愛爾蘭大學生驚訝萬分,問我怎麼會知道,哪學來的?我說臺灣高中唸文組的都學過啊。他大大慚愧,說對我來自國度的文化歷史背景零概念,既說不出任何人名、地名,更別提半個革命、運動了。住在德國二十二年,漸漸地對這種無知見怪不怪。其實,本來嘛,我們當年背得死去活來的歷史事件,唐詩、宋詞、元曲……,蘇軾的赤壁賦、王陽明的格物致知、庚子拳亂、鴉片戰爭、日本的明治維新,干他們何事了?亞洲近代史,他們只知道越戰,因為《藍波》、《阿甘正傳》電影演過,其他的,管他呢!知道做啥?

不知道,本來不是罪過,誰又能夠什麼事情都知道呢?不是連蘇格拉底都說:「我知道,我其實一無所知。」嗎?一生中若有機會接觸到其他族群的歷史文化,則保持人本情懷,當作故事聽聽學學、豐富見聞,畢竟四海之內皆兄弟,人的癡、嗔、怨恨,換個時空場景罷了,說到底不都大同小異?「談笑間,強擄灰飛湮滅」,人類挑起的哪一場爭奪不是如此?但是,覺得「沒這個必要知道,因為那個地方的歷史不重要、不好玩、沒什麼好學的」,恕我直言,就是夜郎自大。

夜郎自大的德國人很多。這樣講德國人也許不公平,夜郎自大的「人」,什麼國都有，充斥世界！自以為自己的族群、歷史、文化、語言……高人一等，是上帝的選民；或耽於悲情仇恨，自認有權利世世代代叫囂復仇的……，都是缺乏「人類」的同情與同理心。只是德國人的夜郎自大，在初時間，讓人不容易察覺。因為二戰過後，德國人認為極端的「民族主義」、「愛國情操」及「本土精神」是引起矛盾和戰爭的罪魁禍首，導致他們的教育內容將之完全摒除，沒人會說「以生為德國大日耳曼人為榮」，沒人敢說德國的文學、音樂、哲學……是世界文化之頂尖（我個人倒覺得德國的悲觀和理性哲學，巴哈、舒伯特……的音樂，根本就是現代「簡約」和「低調」的先驅）；他們把汽車、電器品、工業設備、公路鐵路運輸網……等的品質做到極致，就是優越民族性的落實，他們愛用的是「好貨」，而絕不是「國貨」。除了歐洲或世界盃足球賽之外，幾乎從來沒人演唱或演奏過國歌。好吧，透露一下，我身邊的德國人，根．本．沒．有．人會唱德國國歌！

但是你在這兒生活久了，就感受到他們的驕傲和自以為是。在潛意識中，是否他們真的覺得日耳曼或高加索人種高過其他種族？也許或多或少，反正沒人會跟我承認。但是就我的觀察，越是沒有接觸過外來文化經驗的人，越有這種唯我獨尊及拒他的傾向。

這種人聽到我們母子對話，會一副好心好意地對我說：「嗳，你要跟你的孩子講德文哪，你們住在德國，就得會講這兒的語言才行，別老講你家鄉的那個什麼話，誰聽得懂？沒有用的。」這時一定要用標準德文、氣定神閒地回他：「喔，在德國講德文太容易了，我堅持跟我的孩子獨處的時候，講世界四分之一人口使用的中文，建議您有空也該學學。」他就愣了！

這種人還會動不動說：「完全沒惡意喔，真的不是故意的喔！實在是，你們亞洲人都長得一個樣，黑髮、丹鳳眼、塌鼻樑、高顴骨……，完全沒有個人特色，實在不可能記得誰是誰嘛。」我就會說：「那你可能視力太差，要去檢查一下喔！還是看到亞洲人就自動視力鬆懈、智力瓦解呢？覺得反正亞洲人全都像白白紅紅的旋轉壽司，沾了醬油吃起來都一樣嗎？我知道你不是惡意或故意的，但是這樣太粗心大意了，期待你加油改進一下吧。」

這種人的另一個極端，就是戴著「粉紅色眼鏡」看待外來陌生文化，其實也是無知。他們妄自菲薄，兄弟鬩牆，把自己講得一無是處，硬說全世界最會嫉妒、最惡劣的人種，就是他的同胞；他們霧裡看花，說神祕的東方，什麼都是智慧的、善良的、道德的……；他們看到中文方塊字，就大讚會閱讀書寫這種艱難文字的都是天才；看到我們不用刀叉、用筷子吃飯，覺得難如登天，就編出一大堆莫名其妙的道理，說什麼難怪不胖、身體好，因為用筷子吃飯夾不到菜，所以只好少吃、細嚼慢嚥，幫助消化……

這不是恭維，是把種族文化簡約物化，不拿人本精神去理解。

最近從巴爾幹半島、北非湧進德國成千上萬的難民，申請政治庇護，期待能在此地長久生活下去。為此，我訪問了好幾位身邊的德國朋友，他們對突然暴增的外來移民／難民看法如何。電視、收音機裡不斷報導，許多城鎮的空地、教會、體育館都在一夜間變成了難民營，難民們沒有私人空間地擠在一起吃睡，和近在咫尺的優雅德國社區成為強烈的對比。他們的膚色、語言、習慣和命運與當地人迥然而異，人們既關懷又不安，焦慮接下來該拿他們怎麼辦？

大部分我身邊的德國人都認為，分享、幫助、給予和接受是必要的態度。我的學生蘇西是安老及重病的看護，她工作辛苦、工時長、所得微薄，卻願意捐獻、贊助有關單位，為難民營籌備生活所需。但是，這些難民所祈求的，不只是幾塊零用錢，也不是一餐美食，他們拚命求取的，是一份糊口的工作、安定的生活，他們的要求不高，甘願出賣廉價勞力。這一來，以體力討生活的蘇西將會第一批被犧牲而失業，因為這些無家可歸的浪人，不在乎勞保、不要求工時長短，他們只要活下去，不問質量，埋頭苦幹，有一天過一天。蘇西慚愧地意識到，當自身的權益被恐嚇，高唱的兼愛理想就不得不撞壁。畢竟被法律保護的、講究生活品質的德國勞工，在成本的考量下，拿什麼跟他們比？

蘇珊娜，在社會局附設學校教導難民德文，她有第一線跟難民個別交流的經驗。是的，她說她了解一般德國人的不安與恐懼，因為大部分的難民是隻身一人的成年男子，他們仗勢年輕力壯，單槍匹馬地逃離戰爭、宗教迫害的家園，期待有朝一日安頓下來，再設法把受困的家人接出來團圓。這些大男人們群聚在擁擠的難民營裡，看起來無所事事，無聊鬱悶，也難怪德國人再再叮囑他們的女人、孩子，別太靠近那些難民，他們不會聽說德語，誰知道他們在打什麼鬼主意？

瑪希，一位拿失業救濟金過活的中年婦女，對打工挑剔得不行，說工資若是高不成低不就，還不如不賺這幾塊錢，因為稍賺多一點，繳完稅，沒剩幾個銅板，比平白拿救濟金還少，不是白忙一場嗎？她每個月交五十塊歐元給健身房，把自己練得腰是腰、臀是臀的，沒事去桑拿蒸蒸烤烤，悠閒的很。她說，真不懂德國政府拿這麼多錢去救濟希臘經濟、東南歐與北非的難民幹嘛？怎麼不多補助補助自己國家裡我們這些窮人呢？

我邊聽邊想，這個世界本來是屬於哪個族群或政治團體的嗎？你誕生在哪個家庭、哪個國族城市，是命運巧合？還是你掙來的所得？有沒有可能會有另一種排列組合？在另一個時空，輪我做難民？輪你來救濟？做強國人很神氣嚒？做弱國人很卑微嚒？甚至做不了人呢？剔掉一切的頭銜與門面，剝除自我，發現，其實連名字、所屬國家，都只是一個標籤代號而已。只有閉上眼，從呼吸中去理解，才知道，世界上的萬物，真的是個分不開的「一」，你泥中有我，我泥中有你！

難民和鄉情

蘇珊娜在社會局工作，最近被分配到難民輔導中心的工作。二十位申請政治庇護權的難民歸她輔導，她要確定他們學習德文、接受職業訓練並拿到從業的資格，加入醫療保險及給予精神生活方面的指導。

週六蘇珊娜生日，在家請朋友來喝下午茶，小小的客廳裡擠了三十幾個人，一桌子盡是朋友烤來的蛋糕、餅乾，一地掉的都是拆禮物的紙屑和緞帶，蘇珊娜忙著送往迎來，根本來不及品嚐和收拾。別的客人我也不太熟，就端了咖啡、蛋糕坐到邊上去。一位白鬍冉冉的老先生在我旁邊坐下來，他自我介紹，是蘇珊娜的公公，說自己早年為傳教跑遍世界各地，「妳這小姑娘打哪兒來呀？也是蘇珊娜輔導組裡的難民嗎？」

「不好意思，早就不是小姑娘了，也不是難民，不過好吧，當年也算是『愛情的俘虜』，轉眼間在這俘虜營待二十二年了，沒啥好抱怨的，這兒伙食、待遇都挺好……」

「愛情的俘虜啊？」他大笑，上下打量我，「都二十二年了？那，談談德文對妳而言好學嗎？妳做夢時用的是什麼語言？」

「做夢啊，」我得想想：「跟現實生活一樣嘛，如果夢到德國人，就講德文；如果夢到我家鄉人，就講中文；如果夢到我兒子，就混著講……」

「夢裡妳還分得那麼清楚啊？」老公公撚著白鬍鬚笑。

「我現在也……（嘰哩咕嚕）……德文了。」一位膚色好比瀝青般黑的客人，突然在一旁插話說道，外語口音很重，所以一時沒聽懂他說什麼。我和白鬍老公公一驚，竟然有人在聽我們說話！繼而轉身跟他打個招呼，才知道他說的是「漸漸地也會用德文做夢了」，接著自我介紹一番，他叫馬里特，二十六歲，是來自厄立特里亞的難民，到德國一年多了。如今是蘇珊娜輔導小組裡的成員，德文考試已經通過，正在接受職訓。

恕我無知，連他的國家名都沒聽過，蘇珊娜這時也坐下來，跟我解釋這個淒慘國家的情形。厄立特里亞是東北非紅海邊上的小國，據說，男孩子十一、二歲就得去服終身兵役，大部分未成年就送上戰場當砲灰。馬里特說，他一年半前先步行至埃及，再搭橡皮艇渡地中海，小小的橡皮艇裝了八十幾個人，沒有廁所、食物，船票卻索價九千美元。他暈船，所以正好省糧食，三天沒吃東西。家鄉還有媽媽跟妹妹，姐姐跟他一起逃出來，如今在瑞士落腳。問他想媽媽嗎？他說：「我媽很開心啦，她叫我走，走得遠遠的，千萬別回來，我越遠，她就越開心。」

馬里特用iPhone，逃難的一路上就靠iPhone跟其他難民連線、Google Map找路。他給我看iPhone裡媽媽跟妹妹的照片，妹妹十六歲，打扮地很摩登，畫了藍藍的眼影、晶亮的口紅、一頭燙得大波浪的秀髮，不似非洲人的螺絲髮小卷；媽媽看得出年紀和滄桑，但是也穿戴入時，怎麼看都不像得把長子送上亡命之途的家庭。其實家中本來還有哥哥和爸爸的，但多年前被抓去從軍，就再沒回來過。我想，這個媽生了四個孩子，三個都走了，是什麼心情啊？

這時莉迪亞也加入聊天，她自我介紹，來自塞爾維亞，三十四歲，紅頭髮，長得很有味道，十年前就離開戰亂、經濟崩潰的家園，安定下來後把媽媽也接到德國來，她目前的德國男友是蘇珊娜的同事，就一起跟來了生日下午茶聚會。

最近來自巴爾幹半島的難民大多是塞爾維亞和波士尼亞人，他們因祖國癱瘓的經濟而遠走高飛。我想像，倘若自己的家鄉成為人人想逃離的窮坑，會是個什麼滋味？吃著蘇珊娜的生日蛋糕，白鬍老公公問我，Cindy你家鄉人過生日也吃蛋糕嗎？我說吃呀，還吃壽桃、壽麵。「壽桃、壽麵是什麼？」他又問我，我接著解釋。講著講著，不好意思老講自己，就轉過去問莉迪亞，那你們塞爾維亞呢？生日烤什麼點心吃？妳想念家鄉味嗎？

出乎我意料之外，她說：「不想，沒什麼好吃的，那兒全是一群破壞狂，沒人閑空做好吃的……」幾句話講得我張目結舌，真不知道該怎麼接口，畢竟是人家的祖國家鄉嘛。只好換個問題問：「你家鄉緯度好比義大利，那麼，也有像托斯卡尼的丘陵美景？也種葡萄嗎？」

「不美，醜死了。告訴妳吧，有一次我住的小城開了家麥當勞，裝潢得漂漂亮亮的，我很開心，很得意世界流行的漢堡店也開到我們小城來了。想不到開了不到一個禮拜，被人砸爛了門窗，噴漆塗鴉，牆上畫滿了污穢的字眼——「資本主義、美國垃圾，滾出去！」莉迪亞講到這兒，冷眼盯著我看兩眼，繼續說：「我知道妳是誰，Cindy，對不對？蘇珊娜的畫畫老師，她牆上掛的水墨畫都是跟妳學的，是吧？」我點頭，「我呀，沒有妳這種文化出身的美好家鄉，我們有的，就是數不清的戰爭跟族群屠殺的歷史，跟這個家鄉我只想劃清界線，認認真真地在德國扎根、當個德國人。」

我想起逃難來臺灣、在臺灣度了大半輩子的外公外婆，他們一生思鄉、想念家鄉味，對失聯的家鄉人一輩子歉疚。他們一面思鄉，一面在臺灣扎根，用鄉情澆灌的根莖長得何等茁壯，留給下一代的鄉情遺產滋味何等豐富，跟眼前兩位截然不同。不知為何，我忽然升起無限的同情與愧疚。想像，離鄉背井固然苦，有家歸不得何其漂泊？但是，無鄉愁、只剩鄉仇的遊子到底算是個什麼呀？莉迪亞說她只想在德國好好扎根，但是，沒根的浮萍，扎什麼？雨一打就移位、風一吹就飄走……

回家的路上我想起上回跟好朋友安雅的談話，她說，任教的小學最近接收了二、三十位難民孩子，從七歲到十三歲不等，都是逃難路上遺失了雙親的孤兒，他們被安置在拉得弗森林的臨時難民營裡，雖然來上學，卻隻字不識、無法溝通，學校沒有多餘的師資輔導他們，實在不知道該拿他們怎麼辦？

我不是難民，當年只是「愛情的俘虜」，異國路固然不好走，也算是走得很順利的幸運兒了，可是這些失根的浮萍被狂風吹得震顫，不斷對我喊話：做些什麼！做些什麼！

我打電話給安雅，跟她說：「學校願意派給我幾個孩子都行，我，義務教他們吧。」隨即又想，我會嗎？我這個繼承了外公外婆豐富鄉情遺產、得意文化出身的臺灣人，會懂得只剩鄉仇的浮萍怨嗎？

任重而道遠啊！

給難民孩子上課

記得我上小一、小二的時候，一個班級五十五至六十個小朋友，相當正常，沒聽說過有什麼個別「資優」或「資貧輔導」的。小一剛開學沒多久，我得了肝病，住院數週，接著又待在家休養了兩個月，每天下午睡完午覺，就跟外婆手牽手去中和鄉的醫院打針。身體好了再去上學時，正逢第一次月考，從來不知道考試是什麼東西，也不知道「是非題」和「選擇題」有啥區別的我，蒙著頭也跟著考了，搞不懂所謂選項1．2．3．是什麼玩意兒，管他呢，順眼就給它打○，不順眼就打×，結果當然是全盤錯到底，也沒人來給我做什麼智能治療，更沒人把我降級回幼稚園去。

所以每次我聽到當小學老師的德國女朋友抱怨說：「班級人數太多（二十至

二十五個），一班才兩個導師教管，實在分身乏術，孩子們缺乏個別輔導，要嘛只能補充資優生的進度，或者輔導學習緩慢的孩子，二者無法兼顧，加上現在的孩子難伺候，壓力好大啊……」就覺得這是德國人的「高水平抱怨」。

今天是我去拉得弗森林小學帶難民兒童的第三次，女校長費德霍夫女士三週前初見我時，不能掩飾地露出懷疑，她很客氣且小心地問我，「您……，您能勝任教孩子德文？」

給她一問，我心臟撲通撲通猛跳，是啊，我算老幾？一個臺灣人憑什麼說能教難民孩子德文。我咽咽口水，給自己打足信心，用標準又低沉的德語回她（德國人認為，女人聲音低沉才是自信與能力的象徵）：「是的，我的德語自然不能跟講母語的德國人比，但是正因如此，我可能比德國人更知道學習德語的困難和瓶頸，也更能理解處於兩種文化縫隙中的矛盾。我覺得我能夠勝任教導難民孩子。」

好吧，她大概還是有些顧慮，就跟我分析一下目前的壓力狀況：目前的二十個難民孩子中，十二個屬中年級，八個低年級，低年級的孩子目前暫時不開授額外的德文課，只盼他們在自己的班上跟其他孩子們遊戲學習。十二個中年級的孩子她自己正在撥時間教導，但十二個孩子實在太多了，就按程度分成兩班，一班六個。六個還是太多了，無法有效地做個別輔導，如果我願意的話，就在她班上做助教，隨時給予孩子們個別練習的指導。

六個還多啊？好吧，我估計費德霍夫女士是想觀察觀察我，只是在她的監督下教孩子好綁手綁腳喔，而且非得照她的指令行事。十二個孩子分別來自敘利亞、阿富汗、波士尼亞和阿爾巴尼亞，他們不會德文，不懂ABC字母，連介紹自己幾歲、家鄉在哪兒都成問題。但是啊，我似乎從來沒有看過這麼興致勃勃愛學習的孩子，眼裡流露出快樂的光芒，搶著發言，費德霍夫女士規定他們得先舉手、被點到才准開口，我想，才六個人也這麼嚴格啊？孩子愛回答就讓他說嘛。是不是這樣訓練的結果，讓德國議會不會有搶麥克風、打架的畫面出現呢？

德國政府發給每個難民孩子一個書包，裡面有配備完整的鉛筆盒、作業本、水壺和麵包盒。他們攤開書包裡的所有物，指著每樣東西學習字彙，最難就是搭配陽性、陰性及中性冠詞der、die、das，書包是陰性、鉛筆是陽性、尺是中性的……，我這個臺灣人至今覺得，給宇宙萬物強制性別真是莫名其妙哩！有時也偷偷Google一下，到底橡皮擦是male還是female呢？也難怪費德霍夫女士不信任我的能力了，這個連橡皮擦的性別都分不清楚的庫恩女士啊！接著，還跟他們練各種顏色名、所有格「我的、你的、您的、他的、她的、我們的、你們的、他們的、您的」的說法。

今天早上去上課，費德霍夫女士說，六人小組還是太不見成效了，打算再拆班，一組只限三人，問我願不願意連帶兩堂課三人小班，今天她有事，就把孩子都交給我了，問我行嗎。

交給我？怕什麼？在下Cindy．庫恩女士這回可是有備而來。我把孩子們書包裡的玩意兒所屬性別全練清楚了，不用再一面上課一面偷打Google translator查詢陰、陽、中性了（咳咳）。她走以前還特地傳授我祕招：如果孩子們注意力不集中，姑且讓他們在課中休息五分鐘，去角落玩兩下玩具小汽車停車場。她說這些男孩子對小汽車的迷戀不亞於德國孩子。

說到對汽車的迷戀，有誰能比我經歷過更瘋狂的車迷呢？我和第一班的三個男孩子，默罕默德、菲薩、薩伊德先練完了費德霍夫女士指定的名詞搭配冠詞屬性，再練了會兒顏色，就開始跟他們畫汽車、摩托車、飛機，練會了輪子、方向盤、引擎……等的字彙，發明了一個擲骰子練字彙的遊戲，加上「剪刀石頭布」，三十分鐘晃眼就過了，我遵照費德霍夫女士的指示，提議他們去角落玩玩小汽車停車場，稍微休息一下吧，「不要」穆罕默德說：「要跟庫恩女士玩。」菲薩和薩伊德也搖頭，「不要玩小汽車停車場，」指指我，「要跟妳玩。」

對付女生那一班我更是如魚得水了，練完了費德霍夫女士指定「該練的」作業後，我們就畫美女娃娃，一口氣學會了五官的說法，眼影擦藍的、綠的，嘴唇呢？一下把紅色、橘色、紫色、粉紅……全派上了用場了，帽子、圍巾、腰帶、手套也都畫了、學了，直至打鈴，孩子仍不肯下課。我只是懷疑下禮拜他們還記得多少。

回到家第一件事就是去儲藏室裡翻出成箱的、兒子小時候珍藏的玩具小汽車，本來是打算要留給孫子玩的，算了，先挑出幾臺，下回拿去獎勵那些愛車的難民孩子吧。一面擦拭小汽車上的灰塵，一面亂想，也許有一天這些孩子長大了，寫難民回憶錄，文章中說不定會提到：我的德文啟蒙老師是個黑頭髮、黃皮膚的臺灣人呢！

猜猜，我的家鄉

早上去給難民孩子上德文課。校長費德霍夫女士遞給我一張她自己製作的文法填充題，說：「這上面是『形容詞比較級』的練習句型，您就一題一題地跟孩子們練。」

費德霍夫女士對我的德語能力始終抱持懷疑態度，她像對小朋友說話似地——壓抑著不耐煩、刻意放慢講話速度，指著填充題上的空格說：「喏，像這題，維也納很『大』（groß），倫敦『更大』（größer），可是開羅『最大』（am größten）。會吧？」

「哇，維也納、倫敦、開羅……，您覺得，難民孩子知道這些城市嗎？」我的意思是，我八、九歲的時候，可不見得聽過這些城市哩，更別說對它們的大小規模有任何概念了。何況，難民孩子的國家鬧戰爭、飢荒這麼多年，不是那種一進百貨公司就都是進口貨和舶來品的地方，或者像富裕國家的孩子們，常有出國去旅遊的機會。會有誰跟這些孩子提及這些不關痛癢的維也納、開羅……等大城呢？

「當然啊！」可是費德霍夫女士理直氣壯地說：「這是基本常識啊，不知道的話您就跟他們解釋嘍。總之，重點是練習形容詞比較級就對了。」嗯……，費德霍夫女士真的是富強德國長大的貴婦啊，我猜她沒什麼設身於難民處境的想像力吧，她不知道「基本常識」換了空間場景就不一定基本平常了嗎？

我拿了練習題試卷走進教室，心中一邊嘀咕，一邊四下張望，有沒有什麼世界地圖或地球儀之類的東西，可是沒……。畢竟難民孩子的詞匯量有限，若沒有具體圖示，怎麼跟他們解釋呢？盤算著待會兒拿葡萄、蘋果和鳳梨來做大小比較的例子好了，想想又不對，這些國家的孩子大概也沒見過鳳梨吧，那香瓜好了？應該有吧？

結果話題很容易地展開了，來自敘利亞的九歲阿絲瑪帶頭問我：「庫恩太太，妳從哪裡來？妳跟他們不一樣，妳的臉、眼睛鼻子都不一樣，妳從哪裡來？」阿絲瑪的德文進步得很快，雖仍有腔調，簡單句子已經講得很溜了。

「我呀？猜猜！」

「哦～」孩子們一個個睜大眼睛點頭，「猜猜呀！在很遠很遠的地方噢？」

「不是不是！我的國家不叫『猜猜』。」真糟糕，德文「猜」這個字他們還沒學過，用英文翻譯也於事無補，敘利亞文、伊拉克文、阿富汗文或阿爾巴尼亞文的「猜」字怎麼說啊？阿拉助我一臂之力呀！（抬頭望天）

「我來自臺灣。聽過嗎？」

「我知道我知道！」孩子爭相舉手要發言，我點了菲薩，「『猜猜』是臺灣的城市，是妳的家鄉！」

「不對不對，我的家鄉是臺北。『猜猜』不是什麼城市，就是叫你們『自己想想看』的意思。」

「噢……」孩子們猶疑地點頭。我毫無把握他們懂了沒……

好吧，地理課就這麼展開了。敘利亞的地理位置好像是地中海的最東邊吧，往南走是埃及，往北走經過土耳其、保加利亞就進入歐洲……。反正每堂課都被他們吵著要我畫畫，我就畫了個戴紗巾騎駱駝的「阿絲瑪公主」。「哇，公主耶！皇冠耶！好美呦……」女生此起彼落地讚嘆。她騎騎，騎到開羅（畫金字塔）、維也納（畫？？）、拉得弗森林、最後騎到倫敦（畫白金漢宮的高帽子騎兵），維也納該用什麼圖案代表呢？腦中只出現「維也納炸豬排」，不行不行，敘利亞、阿富汗、伊拉克的孩子不准吃豬肉吧？那該畫什麼呢？（急急急！）

到最後還是沒解釋清楚「維也納」是什麼，畫了幾個圓圈圈代表「莫札特巧克力球」（奧地利名產），唉，越解釋越糊塗，莫札特是什麼？講不清楚。我恨不得唱一段「魔笛」給他們聽了。算了算了，還是回去用葡萄、蘋果、香瓜……舉例吧。

天哪，除了蘋果、香蕉，葡萄和香瓜這些字彙他們也沒學過，多虧葡萄很好畫，香瓜也還能湊和地畫。可是最後當來自阿富汗的彤尼這樣造句時，我就知道一切嚴重混淆誤解，他說：「香瓜比蘋果大，蘋果比維也納大。」

蘋果比維也納大？

「對呀。」彤尼指著代表維也納的「莫札特巧克力球」（酷似葡萄圈圈的巧克力球），他以為維也納就是葡萄的意思……

打鈴的時候費德霍夫女士又進來了，她看到黑板上的「阿絲瑪公主」和一大堆金字塔、葡萄／巧克力球圈圈、戴高帽子的騎兵……，叉著腰要孩子們給她造個「形容詞比較級」的句子。菲薩說：「巧克力球跟葡萄一樣大，騎兵更大、金字塔最大。」

彤尼說：「倫敦遠，阿富汗更遠，猜猜最遠！」

除了「猜猜」，形容詞比較級還算過關吧！

什麼是「正義」？

一面旅行一面看法國作家François Lelord的新書《艾克托的新生》。心理醫生艾克托和老前輩法蘭西一起用餐，老法蘭西雖然八十好幾了，仍然愛看美女、風趣幽默，是個標準嗜酒吃肉的享受派。他叫了一道「紅酒燉小牛頭」，把耳朵、臉頰都啃乾淨了，腦髓腦漿如瓊漿玉液，沾著Baguette麵包吃，吮指回味樂無窮。喝口紅酒，他說：「吃肉這回事兒啊，估計再隔幾世代就會全然絕跡，我們的後代講起他們的祖先宰殺吃肉的烹調飲食習慣，會一副憎恨不屑的模樣，就好比我們看幾世代前的荒唐祖先，到海外殖民擄人、買賣奴隸、使喚來去一般。對祖先們而言，蓄奴使喚可是再平凡不過的事情啊！」

昨天，我們參加了開普敦Township tour（貧民窟導覽），黑導遊康妮講的一口標

（上）開普敦的貧民窟。（下）貧民窟裡大方愛照相的孩子。

準英文，但是也教了我們幾句非洲土話。她從小在貧民窟長大，先帶我們參觀了貧民窟博物館，解釋了貧民窟形成、種族隔離分化的歷史情節，雖然悲劇已成往事，講述間我仍感到她血液中壓抑的憤怒。

博物館裡陳列了八〇年代公園裡的椅子，椅子上標示「只准白人坐」，停車場標示「只准白人停車」。五〇年代開普敦著名的第六區被整個清乾淨，鋪草皮、栽植花卉，成為白人的大公園，把原來住在那兒世世代代的黑人家庭全趕出去。今天開普敦的貧民窟從高架橋上看下去，一片鐵皮爛木頭搭成的破屋子，比歐洲路邊的流動臨時廁所還骯髒，摩肩擦踵，綿延至天際。據說，貧民窟是愛滋病、毒品、強暴、搶劫的滋生搖籃。

我們帶著些許的敬意和懼意，身歷其境地走進去看，跟當地人話家常、孩子們一窩蜂地擠到相機前怪模怪樣擺姿勢，被邀進入他們好比我家玄關般大，卻得睡三個家庭（十五人）的臥室；抵不住他們的熱情，被簇擁喝了口他們自家親釀的啤酒（沒杯子，十幾個人輪流抱著一個大鐵桶喝）；看他們彩繪黑臉、咿哩哇啦怪叫跳舞；看他們當街殺雞宰鵝切豬，然後把破腹截肢的牲畜，大咧咧地曝曬在門口欄杆上；被拉進巫師家，坐在陰暗小屋的沙地上，抬頭看見掛了一天花板的動物骷髏頭、鱷魚、禿鷹、犀牛尖牙嘴喙，堆疊一架子瓶瓶罐罐裡的是毒蛇汁液、蝙蝠眼睛、蟾蜍唾沫……

導遊康妮堅持帶我們參觀貧民窟的特產——美食製造「烤羊頭」。七、八隻鮮砍下來的羊頭排排坐，擱在大石頭上，羊眼微睜瞪天，羊嘴輕啟，康妮說：「瞧，這些羊頭我們稱之為Smily，可愛吧？隻隻在跟你微笑呢！」接著，她仔細向我們解釋如何烹調羊頭：先烤再刷，眼睛、耳朵、鼻子都是美味下酒好菜，最後剖開，頭皮油炸作頭皮乾，大腦小腦各有不同嚼勁兒、口感各有千秋……

我忽然想到法國作家François Lelord的書中情節，老法蘭西說的，關於吃肉和使喚奴僕的比喻。在這兒，開普敦的貧民窟，貧窮、疾病、犯罪……頻繁有如欄杆上晾的、死豬腹上蠕動的蒼蠅孑孓，他們的祖先就是黑奴，他們縱然住在城市裡，過的仍是叢林裡的日子，離法蘭西的人性進化思考有光年的差距。在他們的世界裡，沒有什麼光鮮美感的追求，更沒有環保、愛惜動物的座談會……，康妮驕傲地說，我們不需要警察，誰敢偷搶，被抓到當場就被鄰里打死。

（左）烤羊頭的女人。（右）巫師的家。

我禁不住問，什麼叫做正義、法律、文化？我憑什麼過得比他們好？憑什麼自命品味見識獨特？換成是我來住在貧民窟裡，我是否也喜滋滋地烤smily羊頭？Who am I to judge？

淺談種族歧視

一位嫁給德國人的中國女朋友曾跟我說，當她第一次把德國男友介紹給家鄉的父母認識時，男友很有歐式禮貌地要跟她父親握手，中國父親坐在老爺太師椅裡，上下打量這個老外，沒起身，更別說握手了，「坐」，他說，抬抬鼻尖示意一旁的板凳，「談談你對你們德國納粹屠殺猶太人有什麼想法。」德國青年腦袋裡「轟隆！」一陣，心想這是什麼初次見面的問候語？

我也記得，參加了中日八年抗戰的外公對軸心國的冷血納粹沒好感，他說：「別跟德國人交往，他們認為全世界只有日耳曼人種優秀，其他國族全都瞧不起。」

有一次聽一位芬蘭經濟學教授演講，他說：「要做美國人，只要三個月，人家就當你是美國的一分子了；做芬蘭人，三年吧，方能被接納於芬蘭社會。」而據他觀察，一個外國人若要做日本人，一輩子也不可能，不論你日文講得有多溜，紙上身分也明確，日本人永遠也不會當你是他們的同胞。他覺得，打從心裡把你當外人、無法接受你的融入，即使應對進退客客氣氣，其實也是一種消極的歧視。

我在德國生活太久了，現在若有人問我這個問題，「德國人真的驕傲嗎？歧視外國人嗎？」我肯定答不上來，因為那個「泛德國人」的印象隨著時間的流逝、人際交往的深入逐漸模糊，腦子裡出現的，就是我認識的一個一個德國的「人」，他們和世界各地的人一樣，有的隨和友善，有的古怪難纏；有的輕鬆開朗，有的愛鑽牛角尖；有的驕傲妒忌，有的自卑憂鬱……。他們真的自負是唯一優秀人種嗎？真的瞧不起其他種族嗎？摸著良心，我必須大聲地替德國人伸張：德國是個重視人權、強調平等、扶弱濟貧的國家。這是事實，但是八千萬個德國人，除了是科技和經濟強國外，給予外國人到底是什麼印象呢？

兩個月前，長得又圓又壯的鄰居安東尼先生，來按我家電鈴。他指著我家園籬邊參天高的松樹，說：「欸……我不會拐彎抹角，那就直話直說吧，我們……那個……呃……很久以來就不太爽了，可是後來發現，咦，妳，庫恩太太嘛……是外國人，跟我們一樣流落異鄉，大家就該互相體諒體諒。呃……我要講的是，」拉拉襯衫、捋捋頭髮、清清喉嚨：「那些樹，我說……，該給我修剪修剪了，陽光被濃密的樹蔭擋住了，照不進我家來，成天陰陰暗暗的，心情很壞捏。」他的東歐口音講起德文有點卡卡，聽得頗累。

參天高的樹也不是我拿個廚房剪刀爬上去就能解決的事啊！我想，總得動員專業園丁才能斬截整排的樹吧。就請他再耐心等等，我聯絡了園丁再回答他。

他賴著不走，繼續沒好氣地抱怨：「這些樹太過分啦，我們很早就忍無可忍了，越長越高也沒人理，若不是看在妳也是外國人的分上，我是說，我們外國人要團結一致啦，早就把你們告到鎮公所法院去，唉算了，我也懶得跟那些德國官僚打交道啦！」

接著他又罵了一回合園丁：「園丁嘛，有什麼了不起的？可是就連他們也看不起我們東歐人啦，我說的話他老兄根本不當回事。」他火氣不小地說：「這麼爛、這麼懶的園丁早早跟樹一起砍了算了。」

兩個月來我到處奔走，找園丁報個砍樹價，徵求其他受樹蔭遮蔽的鄰居意見。

奔走之中，牢騷鄰居安東尼的話語表情一直縈繞在腦海中，雖然他一副臭臉、怨氣沖天，但是對我，似乎仍是笨拙地表示好感及友善，沒別的原因，就因為我也是外國人。從鄰居口中得知，他和老婆從俄國移民到德國，至今二十五年，但是，除了和俄國族群外，絕少和一般德國人交往。這又讓我想起多年前住在他家樓上、來自克羅西亞的湯米吉夫婦，也有類似怨懟。

湯米吉一家來德國三十餘年，先生在工廠上班，太太有一陣子來我家打掃清潔。陪湯米吉太太來應徵工作的是她十八歲的女兒露比，露比生長在德國，是湯米吉家唯一跟外界的翻譯跟聯繫，她說她從六歲起，就陪伴父母去勞工局辦證件、簽保險單、填繳稅表格。湯米吉夫婦另外還有三個比露比年長的孩子，都留在克羅西亞的老家，他們夫婦在德國辛苦賺的血汗錢每月寄回去，在黑海邊上為一大家族買了一棟又一棟的高級公寓別墅。每年夏天，他們回老家住別墅享福，秋天再回德國掙錢做鴨子聽雷、一肚子怨氣的外國人。

有一次，來自克羅西亞的十二歲孫女來德國造訪祖父母，跟著打掃清潔的奶奶一起來我家。為表示歡迎這瘦小害羞的女孩，就把兒子的樂高積木搬出來給她玩，問她要吃什麼、喝什麼，可惜語言完全不通，沒辦法，只好放棄，隨她去吧，且出門買菜去。不到一個鐘頭回到家，湯米吉祖孫二人正要離開，我問湯米吉太太：「這麼快就打掃完畢啦？」她操著不靈光的德語回答：「孫女很會幫忙，兩個人做事，三個鐘頭的活一個鐘頭就做完了。」我怔了一下，想起不久前讀到的報導「雇用未成年黑工」的警告和懲罰，要是工作期間發生意外，雇主甚至可判徒刑。我搖搖頭，跟湯米吉太太說：「您孫女來玩，隨時歡迎，但是她才十二歲，依法不允許打工的，要是爬上爬下擦窗戶不小心摔一跤，我可是要負責任的。」湯米吉太太直愣愣地瞅我，看似沒聽懂，我試著簡明再說一遍：「孫女來玩，沒問題；工作，不行！」突然，她把手上拎著的垃圾袋憤恨一甩，對我大吼：「我以為妳不是德國人，人會比較隨和，誰知道，妳跟他們都一樣，資本主義的豬！」

當晚，湯米吉夫婦的女兒露比打電話來，說她爸要她替媽媽跟我道歉，我說算了啦，但是以後她媽也不用來打掃了。露比說：「庫恩太太，我跟妳說喔，我們都是外國人，只是妳的命運比較好，做了德國人的太太，住在大房子裡，可是別以為妳就可以跟德國人一樣驕傲了。我雖然是湯米吉家的女兒，告訴妳，我能力可絕不比妳弱喔。我媽德文不好，任妳要雇用就雇用，要開除就開除，真過分耶……」我聽著她偏執的指控，不知該怎麼回答。

所謂弱者，大概就是一直處在恐懼和不安中的人吧，撇開來自於戰爭、天災或病痛的折磨不談，倉稟、衣食富足後，就出現了尊嚴和存在的焦慮、人比人氣死人的妒忌，這種焦慮族的識別特徵就是憤恨不平、怨聲載道、草木皆兵、到處看人不順眼！找到機會就狐假虎威，為怕被人揭穿積弱，就動不動先發制人、先羞辱人，他們喜歡一直強調：我這個人的原則規範、個性道義，怎樣怎樣堅定、不可動搖。

在異國求生存本來就不是容易的事。過去在家鄉累積幾十年的出身、口音、學歷、社會地位……，到了異鄉，加上語言的障礙，突然之間，全歸了零。貼在身上的，只是泛稱的「亞洲新娘」、「蘇維埃移民」、「經濟或政治難民」、「外籍勞工」……等的標籤。重視個人主義的德國人，沒事不會主動來跟你套交情，他們不喜歡互相干擾，刻意留給客人很多個人空間；而外國人為了掙口飯吃，能有的交集就是釐清工作規範、保險、醫療、稅務……等的分配處理，好不容易閒下來，也不會去參加德國人的休閒團體，跟家鄉人講家鄉話、吃家鄉味、聊家鄉事……當然輕鬆得多。而不得不跟德國人打交道的時候，自然都是提醒、警告、繳錢……等的不開心事。雙方若沒一方願意付出格外的熱情和努力，格格不入就像江河都要注入大海似的命中注定。

若問我在德國二十幾年來有沒有受過種族歧視、不平等待遇？答案是肯定的，德文沒學好的階段講話結結巴巴被人當笨蛋耍，碰過德國人吹毛求疵、老愛嘲笑我的德語發音；住公寓時碰過龜毛的德國鄰居嚴厲禁止我在樓梯間說笑，說我的亞洲嗓門特響，製造太多噪音；溜狗時無辜的丫滴狗狗被惡劣路人罵為「亞洲人的沒教養笨狗」。一位老太太聽了收音機裡「中國實行一胎制後，農村因重男輕女謀殺女嬰」的報導，看到我就說，你們謀殺女嬰好卑鄙喔！我說我是臺灣人，臺灣不實行一胎制的，她說反正你們都一樣啦。每次碰到類似情形都是瞠目結舌，事後才懊悔怎麼沒這樣那樣堵他的嘴？回他個啞口無言、迫他個自慚形穢？

即使在那些最寂寞、無助的日子裡，我都知道，欺負我的不是「大部分的德國人」，只是些零星的、少部分的可憐個人。這些人真的很可憐、很脆弱，很擔心他自己也不太熟悉的德國文化（哲學、音樂、科技……）會被外來次文化摧毀，很強調他自己也沒什麼造詣的德文（文學詩詞），會被我們這些外國新娘生的下一代講成了洋涇浜，他動輒指責外國移民不學德文、不融入德國文化，其實是他無法適應文化融合的日新月異。這些人，眼神特別猶疑，議論異常頑固、生活毫無彈性。但是你去問他們是否自命清高、種族歧視，沒有一個人會承認的。他們說自己只是充滿愛與正義而已，為維持光榮的文化血統不惜一切奮鬥。

我受到最不舒服的種族歧視不是在德國，而是在中國上海，大酒店的櫃檯服務人員只對著安德烈講英文，完全不正視我，她記錄完安德烈的Spa訂位後，當著我們的面跟Spa部門電話確認：「德國庫恩先生一會兒過來，他還帶了個『女的』。」一面從眼角斜瞟我。「什麼女的？我是庫恩太太。」我抗議道，卻只換得她的一聲不屑鼻息，配上嘴角上不以為然的似笑非笑。一副：「別以為你伺候老外一個晚上，就升格做太太了。」

德國各領域中多的是成功的外來移民典範，柏林交響樂團、Pina Bausch現代舞團、德萊斯登的歌劇院裡，多的是成功的亞洲、非洲移民明星。許多人，包括我，都是有國籍身分的德國人。我一點都不覺得，拿了德國護照就等於背棄了我的家鄉祖國。事實上，最近一直在自問，愛鄉、愛家一定要等於愛國嗎？家、鄉是個人情感和認知的初始泉源，國呢？是政治、經濟的利益單位，很重要，但談得上愛不愛嗎？今天的德國人有鑑於慘痛納粹歷史，大概是最不強調愛國的民族了。除了國際足球賽外，幾乎沒聽人演奏或演唱過德國國歌。據說，自希特勒以降，再也沒有會煽動民族情感的大演說家出現了，任何政、經決議都是就事論事、少有個人情感介入地被討論和決定著，滔滔雄辯的口才、民族國家的情感，似乎不是這個國家的教育喜歡培養的才藝或榮譽。

新納粹和極右派當然有，因為誰也無法完全摒除人性中的偏見，但是，真的，他們既是偏執的一方，也是少數，犯不著跟他們長期嘔氣。像我的鄰居，安東尼先生和湯米吉一家，都是可憐的邊緣人。那些自己沒安全感的德國人，舉著標語說：「外國人滾出去」的，也是可憐的邊緣人。處在邊緣本來並不可憐，可憐的是自以為被人擠到邊緣，又錯過每一個重回融合與律動的機會。

以前年輕時，總被告知學習英文很重要，以後不管找什麼工作，英文好為首要之務；想要有國際觀，當以學習英文著手……。那個時候，看到西方人，就不自覺地緊張又自卑，以為人家英文都比你好，怕他會發現你英文不夠好，就篤定你能力不高；為證明我們很有國際觀、很懂國民外交，就到處跟陌生老外問好、攀談、甚至請客掏腰包。

二十幾年前我剛來德國時，只覺德國人跟臺灣人相比，大都酷酷冷冷的、時時跟人保持安全距離，你不主動找他們聊天，他們也不輕易靠近你。當然也有生性熱心的同學，他們會約我一起去打球、玩紙牌、游泳、跳舞……，這些活動，都以活動本身為主，聊天為次。安德烈的好同學、大帥哥——德克，屬於最酷最冷之一，他從來不跟我多講話，或多瞄我一眼，最多敷衍點個頭，就把我當空氣似地晾在一邊，只跟安德烈聊車、聊錶、聊機器、聊足球……，我很沮喪，搞不懂為什麼德克這麼疏遠或討厭我。

二十幾年後的今天，真相終於大白。真相是德克十四歲的兒子——西蒙，跟我說的。西蒙英文考了個不及格，跟他老爹哭訴：「爸，我最痛恨學英文了，幹嘛要學這種語言嘛？到底哪兒用得著了？」德克拍拍兒子的肩膀，體諒又鼓勵地對他說：「西蒙啊，我小時候跟你一樣，也最討厭英文了，提不起一點興致去背那些無稽的單字文法，也不知道學這種話以後能派上什麼用場，簡直就是浪費時間嘛！」西蒙大大點頭，慶幸爸爸瞭解自己，只聽他老爸繼續說：「直到有一天，好朋友安德烈的臺灣女友Cindy來了，很有意思的一個人，可是我……，我居然不敢過去跟她講話，因為我的英文太爛了，怕被她識破太丟臉……」西蒙跟我說，他老爸後來就默默自己練了一陣子英文，但是太遲了，因為據說Cindy的德文進步得比他的英文快，所以老爹要我趁年輕時，好好讀英文，以後才不會有這種類似遺憾。德克老婆一旁補充道：「為了保持前後一致個性，至今德克一見到Cindy，靦腆或冷酷裝置就會自動啟動。」

二十幾年來我雖然一再體認到，大部分德國人的英文其實也不見得怎麼樣，但是也萬萬沒想到，當年亞琛理工大學的機械工程高才生，居然會擔心我一個小小臺灣人識破他的爛英文，怕被我看貶!?真箇是哇哈哈哈!

根據我的觀察，德國人不管英文程度高低，幾乎都敢開口講，有的還會用似是而非的英文字彙套上德式文法句型長篇大論一番，聽／讀起來一頭霧水。基本上，歐洲語文都有相類點，一不小心就能張冠李戴地混淆視聽。建議聆聽者／讀者，耐心本分地聽／讀下去，聽／讀完他一大段話，通常就能大致拼湊整篇的意義。跟法國人比，德國人大都願意講英文，用英文發表感想。他們並不是為了從錯誤中學習、亦非為了英語能力的精益求精，更非企圖提升國際觀或做好國民外交。其實除非是專業翻譯人員，否則講得標不標準並不是重點，重點只是溝通和表達自己，每個人都被鼓勵——儘量表達意見、申述看法。記得我曾擔心，現今臺灣許多孩子太早接受雙語教育，兒歌不再唱〈蝴蝶蝴蝶〉、〈造飛機〉或〈紫竹調〉，都只學唱英語兒歌，國、臺語發音都還沒學得咬字清晰、詞彙量尚貧乏，就急著學習英語，大量用英語聽故事、講故事。我提出了疑問，也得到了堂妹很有見地的回應：「學什麼語言都可以啦，重點不是用什麼語言發表想法，而是到底有沒有想法可發表吧。」

我且把她的邏輯延伸下去：重點不是用什麼語言唱歌，而是有沒有歌可以唱；不是用什麼語言說故事，而是有沒有故事可以說……

曾在一次朋友辦的聚會上跟一位美麗婦人聊天，聊著聊著才發現她的德國口音有南歐腔，貿然直問，才得知她是巴西人，母語是葡萄牙文，她知道我來自臺灣後，極其興奮，說曾和德國先生因工作關係在臺灣住了兩年。「我的英文啊，本來很爛的，」她說：「嫁給馬克後猛學德文，更沒空補英文了。後來去了兩年臺灣，嘿嘿，英文竟然突飛猛進，因為那兒的人都很主動地找我講英文，還被高雄的一家幼稚園聘去當英文老師哩。講給我家鄉巴西人聽都沒人相信，我這個從小不愛學英文的懶姑娘居然去當了英文老師！」

她講起臺灣眉飛色舞，說沒事就跑到墾丁海邊去渡個小假、逛夜市、上美容院、吃海鮮……，種種經歷再再令人難忘，話語間德、英、葡三文夾雜參差，手勢表情豐富，讓我本來稍有的皺眉擔心（三、五歲幼兒怎麼能跟她學英文？）一掃而散，轉而是開心和羨慕這些孩子（真好，跟一個愛嘗新、充滿活力的老師學習遊戲，總比跟一個滿腹詩書、只重視詞彙、文法、發音嚴謹的英語學究學習來的有意思的多吧！）

她講著講著，忽然眼波悠悠，記憶神遊在多年前的一個南臺灣的場景，想邀請我進去那兒卻找不到適切的字彙。敘述就中斷在那兒，沒用什麼已存在的形容詞、成語或驚嘆句來填補，只剩下她斜斜咬住的下嘴唇、半瞇的眼睛和僵在鼻尖前的手勢，我著迷的看著她，以為她會繼續講下去，但是沒有。那個樣子……啊……，真是比「筆墨難以形容」更beyond words！

最後我發現，自己還是跟以前年輕時一樣，很喜歡跟陌生外地人問好、攀談，如果時間、荷包允許，且緣分恰當，請客掏腰包也在所不惜（被人掏腰包請客的經歷更是不可言喻）。慶幸長大後終於不再緊張又自卑，也不為了增進語言能力、推廣國民外交或世界觀，只為了，太愛聽故事。其實什麼格局大、世界觀、國民外交、強國弱國……，都是騙人的口號，畢竟憑我一個人也改變不了什麼世界格局吧，不過就是想理解一雙雙、在不同語言、地域、食材和氣候裡，灼灼閃耀的眼睛！

兒子的作文——語言、身分認同、族群融合

晚飯中，在英國上學的老大打Skype回家，說為寫英文作文焦頭爛額，拜託媽媽給點建議。

他說題目和提示重點下午已用Whatsapp傳給我了，「看到了嗎？什麼？還沒看？」所以放下碗筷，起身去手提包裡翻出手機，發現，啊～真的，兒子寄來了七、八則訊息，包括英國報紙上的社論連結、老師給的範文PDF，和他網上找到的德文相關論談……，天哪，於是把飯三兩口趕光，坐到一旁瞪著手機讀文章。

作文題目是：談談「語言」與「身分認同」（Language and Identity），「語言」與「族群融合」（Language and Integration）。

老師給的文章，英文的也好、德文的也好，我看論點都是大同小異，在今天大

量中東和北非難民湧入歐洲的當兒，都說移民／難民首當其衝的要務就是學習當地的語言，和當地人融入同化。我說，這是被移民國的願望，他們看到的，是一大群膚色有異、生活習慣、宗教信仰皆不同的人們。如果不能跟這些人溝通，就無法教導他們認識、遵守當地法規，無法產生信任，再加上跨年夜裡發生在科隆火車站附近的「阿拉伯北非難民群體圍攻落單女性」事件，就覺得心裡發毛，草木皆兵，原來即使還有一點對難民的同情，一下子全蒸發了，只剩下對移民的要求、限制、懷疑和恐懼。

這些人高談闊論，既然要來德國／英國生活，就得學習德文／英文。話雖沒錯，但是，我見過無以數計的歐洲人，因工作關係生活在中國、臺灣等地，甚至和當地人聯姻，可除了少數簡單字彙外，始終不學中文、不會中文。他們堅持，當地人該用英語跟他們溝通。當地人也羞赧地認為本該如此——老外不會中文乃理所當然，而自己的英文若不夠好就自慚形穢。

我記得大學的時候修過兩年日文，熟識戲謔我：「學什麼日文？到日本去跟他們講英文可不更跩？他們反而更買你的帳哩！」也就是說，就連咱們亞洲人都覺得，學某種語言不是因為對此種文化、語言結構的興趣與好奇，不是想要溝通或閱讀的慾望，而是為了——講它，地位就會節節高昇，所以「被人買帳、刮目相看」？而會英文就等於可以「到處高人一等」了？

大兒子高一時自告奮勇要到英國讀高中，他想要出去闖闖、見識外面世界、自願放棄舒適、挑戰陌生，我們看他自信滿滿，就全力支持。過了兩年，小兒子並無離家闖蕩的志願，也罷，反正年紀尚幼小，留在小鎮上公立高中也很好，就待在家裡吧。想不到回臺灣被親友問及：「奇怪，我們臺灣人是因為想往高處爬，所以汲汲營營擠到英、美求學，可怎麼你們德國，不已經是先進國家了？也急著把孩子送到英國去啊？」兒子在一旁聽，抓不到阿姨問題的邏輯，只說：「要是我中文不是只會聽說，且漢字讀寫程度夠好的話，我也願意回臺灣上學啊！」

是啊，求學、旅行、開拓視野，乃全世界青年人的志願，行萬里路勝讀萬卷書，去哪個國家跟社會地位扯上何關係了？偏偏，這種自甘屬於較低下語言、文化族群，或自命所講母語為高等人種語言的心理，比比皆是。

兒子說：「對啊，我學校裡好幾個從小在香港生長的老英，直到十二、三歲才回祖國英國上學，可是對生長的香港歷史背景、廣東話或普通話，毫無概念！不只我同學不會，他們住在那兒工作了十幾年的父母也都不會，也從來沒學過。」試想這可能嗎？哪個華人住在美國／英國／澳紐十幾年能不學英文？住在德國十幾年不學德文？但是在華人的地方，我們容許，也許是客氣，也許是，其實並不真的想融入外人？

對待短期停留的觀光客，用英文便利他們，這是當然，做不到就得喪失國際旅客生意。但是兒子說，我是半個臺灣人耶，從小到大每年回臺灣有三十幾次了吧，每次都這樣：我跟他們說中文，他們回我英文，我請他們跟我說中文，拜託啦，跟我講中文行嗎？我聽得懂，也想跟除了媽媽以外的人練習練習中文，他們還是很客氣，堅持跟我講英文。

扯遠了，回到你的作文題目吧，我跟兒子說，我覺得「學當地語言為首當其衝的要務」是被移民國一廂情願的需求，因為語言通了，這些新移民才好管理。但是，這也是移民者的願望嗎？特別是，大量的難民攜家帶眷地來，他們之間有自己的人際關係，難民營裡有自給自足的階層組織，可以跟外面的歐洲社會毫不相干。

他們來到歐洲是為了躲避戰爭、尋求安全與免於饑餓的，並不是像我優秀的臺灣同學們，到美國去唸學位、找工作，非先把托福／GRE考得嚇嚇叫不可。說實在話，對大部分的難民而言，學習當地語言的動力並不是很大，頂多幾個字，你好、謝謝、再見、多少錢……什麼的，就撐不下去了。

別說難民了，記得我外祖父母仍住在加州時，有一群打麻將、打太極拳的華人死黨好友，他們全都不精通英語。外婆去社區大學上英文課，是因為她有興趣，喜歡在英語課裡結交不同國籍的朋友，講出來的四川腔英語，溝通作用其實有限。外公中國書法寫得很有兩下子，時不時在教會、老人中心展覽，引得老美瞻仰而來，可惜一碰到記者採訪，他就支吾不出一個字來。

有一次來了個美國記者，她對中國書法真的有萬分興趣，還自己練過一陣子，漢字也能讀出幾個，甚至用中文問了外公幾個問題，她的誠心誠意引得外公莫大好感，首次覺得惋惜，竟不能跟這位女士開懷暢談，一切得仰賴翻譯。外公給了她下次展出的時間、地址，她答應一定抽空來參加開幕會。回到家，外公叫我把他要說的話翻譯成簡單英文，認認真真地跟我反覆練了幾遍，打算下回若在開幕會上見到這位美國記者，自己跟她講英文，以示真摯友善。

所以，語言與身分認同，語言與融合的重點在於，被移民國若想成為「文化的熔爐」，就得靠每一個跟移民接觸的國民，把對方當成一個跟自己一樣、有覺知與感性的「人」來看待，不論他的口音有多艱澀、語法有多笨拙，要記得口音與語法後面，有一個「人性」想被發掘、「人心」想被理解，別當他們是大標籤下的「難民」、「移民」、「外籍勞工」、「外籍新娘」、「第三世界人口」……，而是用「人的價值」來面對他，對「他這個人」感興趣，比教他、強迫他學英文／德文，要不然就怎樣怎樣，有用的多。就像連我一輩子歌頌「巍巍大中華、不屑學外語」的外公，也自願學了幾句英文一樣。

我們聊著，他猛做作文筆記，最後兒子說：「我現在知道，媽媽妳為什麼要會講這三種語言了，不是因為妳急迫地要融入德國社會，或者藉此高人一等，不是，妳的使命是，理解，然後告訴大家人的平等、不分國籍的同心同理，對不對？」

女人要溫柔

在網路上不小心點到一篇文章〈女人要溫柔，男人才會發〉。我想，尋找溫柔的典型，是每個男人覓偶的直覺，只是，溫柔的定義和表現到底是什麼？

前一陣子看了中國科幻作家劉慈欣寫的《三體》三部曲，第二部〈黑暗森林〉裡主人翁羅輯描繪了一段他心目中理想的女子，他說：「她有知識，但是那些知識還沒有達到學問的程度去僵化她，只是令她對世界和生活更敏感……」最後，他終於在大雪天中見到了這個女孩，倒了杯葡萄酒給她喝，他說：「看著她捧著酒杯那天真的樣子，心中那最柔軟的部分被觸動了。讓她喝酒她就喝，她相信這個世界，對它沒有一點戒心，是的，整個世界到處都潛伏著對她的傷害，只有這裡沒有，她需要這裡（我）的呵護……」

照這段文字看來，中國大男人的理想溫柔女子形象大約是：一、聰明，但不可精明（而且最好還要在「聰明」前面加上「冰雪」二字！所以一般而言不允許出汗、不允許火氣大長痘痘、不允許胃口太好、一嘴蒜味）。二、天真無邪。（所以，當好奇與靈性變成了知識或學問，就扣分。處世內斂圓滑也不被鼓勵，否則「無邪」打折。）三、柔弱、小鳥依人、需要強大臂彎以被保護。（弱不勝衣、水汪汪的大眼睛、飄逸的長髮遠比三圍、身材、性感重要！）

基本上，這種形象挺停留在瓊瑤小說式的。我讀到此有點震驚，畢竟《三體》一書乃二十一世紀的產物，怎麼對完美女性的形象仍停留在上世紀六〇至八〇年代？畢竟，人家日本的三島由紀夫六〇年代就寫《反貞女大學》了，專調侃所謂「清純、天真、柔弱」的貞女典型，可劉慈欣筆下的女人兩個世代以來似乎尚未進化。

女人要溫柔，那，男人該如何才合乎理想情人標準呢？長得帥當然加分，老一派的俊秀小生還要性格、瀟灑不羈。性格劇照裡的帥哥通常都是瞇眼定睛望遠方、叼根菸（如亞蘭德倫／Alain Delon），或揶揄魅笑、叼菸斗（如克拉克蓋博）。總之，叼根菸是致命重點。男人，不刁菸怎麼性感的起來？香菸基於那個年代的性格男性而言，大概就像京劇裡面小生的扇子，或者關公背後插的旗子一樣，充滿了象徵意義。小說《窗外》裡，女主角「溫柔」地說：「抽菸是他的嗜好，我怎能叫他為了我而放棄呢？」隔了半個世紀來看這段話，把「抽菸」當作男人正當「興趣愛好」的臺詞，真的是「天真無邪」的無以復加啊！

從當年的英俊性格小生（亂髮、鬍渣、傷疤、細紋）演化至今的韓劇偶像（光澤順溜的瀏海、晶瑩剔透的皮膚），搞不清楚到底是漸進式還是跳躍式的發展。劉慈欣在《三體》第三部裡預言，未來的男子將越來越女性化，男女甚至外表上不再有區分。天哪！真的會這樣嗎？我好慶幸仍活在「男人還看得出是男人」的「落後」現代。

天下大勢風氣，三十年一個回合，Y世代的年輕人要酷不靠尼古丁煙霧，靠的是蛋白質和六塊肌。青春期兒子的德、英籍同學中（十五至十七歲）女生過半素食，以前女生嚼口香糖、吹泡泡以顯俏皮，現在她們生嚼青紅椒、胡蘿蔔和芹菜梗。健身房裡的跑步機全被她們占光光，害我們這些婆婆媽媽只能在一旁聊天喝咖啡，交換烤蛋糕食譜，怎麼等都輪不到我們燃脂；男生練肌肉練到走火入魔，一大堆青少年帥哥專靠蛋白質增肌粉末為主食。小兒子的同學賈斯汀為了強化二頭肌，早已把牙刷綁在兩公斤的啞鈴上，每天早晚邊刷牙邊舉重。男生們準備口頭報告永遠是以Plank「棒子」（訓練核心肌群）的奮力咬牙姿勢進行的。我不禁搖頭想起，自己這個年齡時，連體育課都被導師借去考英數理化，大家擠破頭搶前三志願，誰曉得什麼六塊肌啊？

我們公司的製圖師奧古斯汀先生有一次談到，他到柏林去探望在大城市唸大學的兒子，也認識了幾位兒子的死黨同學，跟他們聊完覺得相當迷惑。「到底是怎麼回事啊？」奧古斯汀先生說：「想當初我年輕的時候，酷又跩的象徵，除了性愛、迷幻藥及搖滾樂（Sex, Drug, Rock n'Roll）外還有什麼？這些，我兒子和他的哥兒們全都不碰，只做宅男打電動，定期跑步騎車，戀愛談個沒兩年就乖乖地說要結婚，連啤酒都少碰，就愛喝超甜咖啡因『能量飲料』。想當年我們多唾棄結婚證書啊！趴踢沒喝到酩酊大醉就不算男子漢，音樂不開到震耳欲聾，讓鄰居把警察都請來警告，就不算趴踢。」德國人向來最恨被貼上「乖」的標籤，他嘆口氣說：「看來，新一代是越來越乖了，他們的男子氣概、叛逆不羈全移到網路虛擬空間去冒險犯難了！」

二〇一五跨年夜裡在德國科隆火車站附近發生了「阿拉伯／北非難民男子群體圍攻落單德國女性」事件。之後引發媒體、網路上大量討論男女互重、認知分界的報導和辯論，當然梅爾克總理的「人道主義、接受難民」政策也被廣泛地質疑、反駁。據報導，在許多阿拉伯、北非國家，女性上市集買菜被人吃豆腐、佔便宜，這裡摸一把、那裡捏一下的，乃光天化日下司空見慣的平常事，女人出外若不把頭巾圍好、以長袍遮好全身肌膚，就會理所當然被視為下賤，惹禍上身自是活該。這些穆斯林大男人們，進入講男女平等、社會、宗教開放、寬容的德國，看到女人穿著凸顯三圍的服飾，就仗著人多勢眾，借酒發瘋，跑到人道德國來囂張，欺負良家婦女，你說德國人一方面營救難民，一方面還遭難民霸凌，是不是氣壞了？

科隆市長為此發言，敬告婦女注意自己穿著打扮，應避免招搖暴露，才不會遭到不諳德國國情的穆斯林色狼難民攻擊。此話一出，婦女群起震憤，質問市長：「您言下之意，不是色狼攻擊女人，是女人自己衣著不檢點的問題？而色狼反倒沒錯？」為了女性的自由、平等與尊嚴，瑞士籍女藝術家Milo Moiré冒著一月的嚴寒，脫得精光高舉「尊重我們！即使女人全裸也不是野味」的抗議招牌，站在科隆大教

Milo Moire的自信與勇氣，讓穿戴香奈兒的女人相形失色。圖片取自：blogs.spectator.co.uk/tag/milo-moire/

堂廣場上為了她的理想與執著，任人品頭論足十分鐘。

這種裸露的自信和勇氣，似乎讓穿戴「香奈兒」的女人都遜了色，在全裸藝術家Milo Moiré的字典裡，可沒有「女人溫柔，男人發」的字眼或邏輯，Coco Chanel的口號——女人就是要把自己打扮得「典雅又閃亮」（Classy and fabulous），若再加上「溫柔、卡哇伊」，也不過是顆規律運轉的行星，她閃耀著迷濛又納悶的小確幸星光，看著全裸藝術家像顆不按軌道游離宇宙的藍色彗星，呼嘯而過……

狗狗大酒店

終於，明天輪到我們出門遠遊了。

可是，今天是離愁濃濃的、傷心的一天。

以前拖帶丫滴狗狗的卡琳奶奶搬到另一個城市去了，而周圍的朋友在渡假，找不到人照看狗狗。

我們只好上網查詢，在杜塞道夫附近找到四星級的動物大酒店Pet Hotel。網上說其腹地廣大、遊戲活動多項、美食點心營養豐富、專家伺候刷毛、散步……，好吧，就去徵詢一下。

郵件來來往往幾次，都是電腦自動回覆：請填寫表格，什麼狗？幾歲？身高體重？希望睡單狗房、雙狗房、三狗房還是大廳？請勾選；飼料吃X牌還是Y牌還是

Z牌？請勾選。

本酒店也提供每日現成烹調的肉骨火腿馬鈴薯，如有需要，請勾選並額外補貼佣金。

基本活動項目一日三次，包括在大草原上瞎瘋、窮滾、亂吠、丟球撿球比賽、游泳……，若有需要個別散步或訓練課程，請標注勾選，並另補佣金。（唉，我家ㄚ滴個性文靜，最討厭體育，可惜它不開音樂課……）

這樣勾勾選選下來，開支還真不小。但是別無其他辦法啊！

今天送ㄚ滴滴狗狗去大酒店，像模像樣地先在前臺check in。接待人員帶我們參觀狗狗房間，我們從門上玻璃窗往內望，一至三狗的房間一律布置成客廳擺設，有沙發、茶几，牆上有畫、地上有地毯，狗狗們綣在一角，說不上是高興還是不高興。大廳裡大概容納了七、八隻狗狗，一注意到有人從玻璃窗外觀望，就狂吠亂跳。

我正要拿出手機拍照，就被接待人員阻止：對不起，庫恩太太，請尊重狗也有狗隱私，到時候您的照片流轉到臉書上，我們無法跟各家狗主人交待。

接待人員帶我們走過長廊，繼續介紹說：「這一棟是貓咪區，那一棟是兔兔區，再後面一棟是禽鳥區……，天哪，完全大規模企業化經營，這短短一個暑假可叫他們賺翻了！

接待員說，接下來三週狗狗區完全客滿。目前狗狗房客超過七十隻大狗小狗。工作人員白天、下午、晚上三班制，各派兩位狗專家服務並維持秩序。什麼，才兩位？管七十隻狗！誰會多關懷一下我家內向的狗女兒呢？

臨走時，安德烈塞給接待員一點小費，說：「我家閨女兒就是喜歡擁抱廝磨，拜託您有時間多去摸摸她吧。」接待員很專業氣派地把錢硬退塞回來，戴著客氣但不親切的笑容說：「請您放心，您的愛犬在這兒會度過愉快健康的八天的，請您盡情開心地去渡假吧！」

回程路上，我們沒人說一句話。雖然明天一早就要出去玩，應該很興奮的。小兒子說：「聽點音樂吧！」安德烈說：「除非是憂傷的驪歌，什麼都不想聽……」

貪玩的教訓

辦完出境手續，過了安檢，就只剩下輕便的手提包和口袋裡的登機卡。經過兒童遊樂區，裡面是搭成飛機狀的攀登架和溜滑梯，二歲至八、九歲的孩子在裡頭精力無窮地爬上滑下，一位年輕媽媽苦口婆心勸她的三歲兒子趕快下來，不許再貪玩了，大飛機要飛了，不載我們一起飛怎麼辦？

我們在Duty Free商店裡閒逛著，我晃到了化妝品香水區，到處試試、嗅嗅、玩玩，眼下沒售貨小姐過來管我，就拿了香水試紙，湊這瓶噴一下、湊那瓶也噴一下，咦，香水試紙竟然用完了?·正好試到了「迪奧」的J'adore，想都沒想就往手裡的登機卡中央，帥帥、毫不節制地噴了兩次。

啊～啊～，說時遲那時快，迪奧的J'adore氣沫把我登機證上的名字、班機號、登

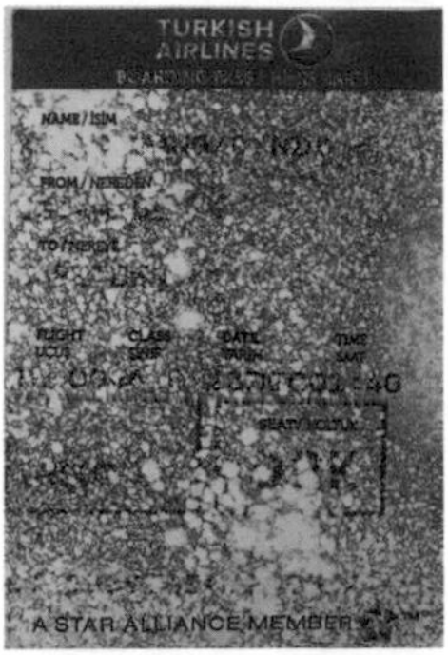

機時間、登機閘冂、座位號……全部秒殺，登機卡頓時變成一張白紙！

瞪視著登機卡，我想，完了，待會兒肯定會被擋在登機閘門口、不准我上飛機的，我臉色大概跟登機卡一樣慘澹，支支吾吾地跟家人告白。小兒子覺得他媽的作為極其丟臉，竟然天才到delete了boarding pass，他堅持我該跟驗票人員這麼解釋：登機卡掉進馬桶裡了。我搖頭，行不通的，這解釋不了登機卡為什麼這麼香。

登機閘門口。終於輪到我了，沒等人問，更無法承受驗票人員驚愕或懷疑的表情，我勇敢不打自招：是香水惹的禍！

地勤小姐挑高一根眉毛，疑惑地瞅我，翻過登機卡，找到反面的條碼，把依舊清晰的條碼扣在掃描儀上，「滴、滴」兩聲，過關！她抬頭對我邪邪一笑，「挺香的，是迪奧吧?祝旅途愉快！」呼，鬆口氣。

小兒子說：「媽媽，我跟妳說過多少次，妳不可以這樣貪玩的，多危險吶！大飛機差點就不載妳了。」

空難之後

此時此刻我們全家坐在開往土耳其伊斯坦堡的飛機上，這是我們計劃了半年的全家旅行活動，一家人期待的心情真是不可言喻。必須承認的是，自從四天前德國German Wings從巴塞隆納飛往杜塞道夫的航班在法國南部的高山區撞山失事後，一股說不出的陰影籠罩了興奮，特別是當資料評估結果顯示，撞山不是意外，而是副機長故意肇事的自殺行為，喪心病狂地拖了一百五十個無辜的生命為他陪葬犧牲。

全世界的航空災難都讓人一時驚慌錯愕，但這次的事件會讓我特別失措，甚至噩夢連連，是因為：一、巴塞隆納——杜塞道夫這一段航程，為了拜訪安德烈的姨媽一家人，我們幾乎年年飛；二、German Wings是大兒子每三個禮拜就搭乘的、接送他往返英國寄宿學校和德國家鄉的航班。週五兒子回家時，登機前寫了個短訊給我，說：「媽，我現在登機，一個半小時後見嘍！」我禁不住神經質顫抖，心中說不出地七上八下……

雖然，德國媒體報導災難現場極度地實事求是、不預設、不濫情，沒有任何受災人親屬的哭天搶地畫面、沒有慘不忍睹的鏡頭。就連公布肇事副機長的身分都只用字母縮寫、照片用馬賽克模糊化，就為了保障他家人的隱私，不讓他們受輿論之干擾。

周遭的人各自以自己的方式，理智或情緒化地調適心情。跟我經常合作的鋼琴家萊呢知道我們全家要去土耳其渡復活節假期，寫了個「祝旅遊平安愉快」的email給我，他說：「真想不到個人生命竟是如此地倚賴於他人的技術和身心健康。假如我們鋼琴家哪天不爽了，頂多演唱會前臨時告病缺席，讓整個合唱團或樂團欠缺鋼琴伴奏，或在演出時彈錯彈壞，混亂其他演出者的調子、節拍罷了，但是若大眾交通工具的駕駛身體或心理不適，又不能及時請退告假，不負責任的後果真是不堪設想。我虔誠地惦記你們，祝你們飛行平安！」

昨天在收音機裡聽到一則報導，也是German Wings的機長，在從漢堡即將起飛的班機上，特地從機艙步入客艙，和每一位乘客握手致意，他說：「我們做機長的，心理上跟各位一樣，很受此次事件的打擊，許多同事聽到肇事緣由，震驚之餘，甚至遞上暫時無法航行的假條，因為我們也需要撫平心情才能工作，所以，我能夠理解各位的不安、甚至您們的不信任，我只想藉此告訴大家，我和我的副駕駛會一如往常地為您舒適的航程盡力，將您順利平安地帶到目的地，祝您旅途愉快。我和各位一樣，忙完了也迫不及待地回家，回到老婆和兩個孩子的身邊……」

有乘客將這一幕〈機長的告白〉寫出來發表在臉書上，短時間內成千上萬的按讚和正面激勵的回應。這位駕駛真的了不起，他勇於承認自己的錯愕，在某個程度上為他失職的同事道歉、謙卑地理解並接受大眾的指責，即使錯誤並不是他個人造成的。這種退一步、設身處地的發言遠比挖苦的抨擊、譏諷的反駁、歇斯底里地怨恨……來得有療癒效果。

寫到這兒，空服員要大家繫緊安全帶、豎直椅背、扣上小桌板，我們就要下降於伊斯坦堡機場了。伊斯坦堡一片晴空萬里，比德國乍暖還寒的陰雨初春令人興奮多了！這個世界令人興奮、充滿探險價值，正因為飛行兩個半鐘頭就來到一個語言文化宗教全然不同的國度；四海皆兄弟，因為人心都是肉做的，我們不但倚賴且感激他人的專業和責任心，而且能夠理解並原諒他人的弱點和過失。

Touch down，這回客艙的掌聲特別激昂！

羅馬接機記

今天飛來羅馬跟老公會合，他昨天就從拉得弗森林起程往南，花了總共十八個鐘頭（注意：賽車手的十八個鐘頭等於普通駕駛的不知幾個鐘頭），開了一千五百公里的路，來參加義大利著名跑車廠的年度酬賓大會，這次的主題，除了車、車、車外，就是深度遊羅馬——The City of Eternality！

主辦單位說，既然夫人不隨車來，另外搭機，他們會派專車接機，叫安德烈長途旅行後直接呆在酒店套房等夫人駕到就行了。

我拖著塞了晚禮服、高跟鞋的大皮箱走出來，步入擁擠的入境大廳，從無數個接機員手上的名牌找尋我的名字——MS. KUHN（庫恩夫人）。真是眼花撩亂，多不勝數的名牌啊！但是，就是沒一個是我的名字。有一個名牌上寫了大大的TSAI

字，估計是接姓蔡的吧，另一個名牌用中文寫了「江西」二字，接的大概是江西客人吧，兩位接機員一看到我這個亞洲面孔，都上前一步，擺出「就是妳啦！」的表情。但是我搖搖頭，很想唱一句徐志摩的〈偶然〉安慰他們「我們相逢在擁擠的機場，你有你的、我有我的方向……」

這樣苦等了一個多鐘頭，打電話、寫短訊，講義大利口音英語的主辦人員一直抱歉，叫我留在原地繼續等，說接機人應該已在路上，八成是遇到塞車了。隔了半個鐘頭我再打電話查詢，接電話的主辦人員這欠一整個納悶、支吾地說：「可是……我們剛剛得到消息，您的接機人員已經把您平安地接上車，這會兒應該快到酒店了吧。」

「蛤？可是我還在這兒啊！他接的是誰呢？」

「是您啊！」

有沒搞錯？我才是正牌庫恩夫人耶！還是？我到底是誰？

沒辦法，只好自己搭計程車去酒店，到了酒店，才發現另有一個叫KOHN孔恩的女人，名字跟KUHN只差一個字母，竟然冒充我、搶走了我的座車。

安德烈見到我來，開心上前擁抱，也讓我鬆了口氣，害怕那位叫孔恩的女人，會不會也嬌嗔在安德烈的懷裡冒充Cindy……？休息片刻，他等不及地拉著我去大型停車場上，一睹停了百部超跑的壯觀場面。見到「數大就是美」的一片超跑汪洋，安德烈興奮彈跳，就像兒子小時候拆開生日禮物時大叫一樣「哇～星際戰艦！哇～風火輪！」

看到他這個瘋癲樣，我就知道，沒弄錯，這個車狂非冒牌貨，就是我的安德烈！

曬太陽

我的學生在克羅西亞黑海邊渡假，寄email配上一張海灘圖問候我。她說，再怎麼擠，也得在陽光下拼得一席之地，Cindy，祝我曬得美美的再回家吧！

一切都是太陽惹的禍。天空小氣，不出太陽的日子，歐洲人就付錢去給「日曬機」曬。我好幾次被女朋友拉去三溫暖，她們進蒸、烤箱之前都先得進Sun Studio（太陽工作室）裡的日曬機假曬曬——先把全身塗滿了「防紫外線但是不防曬黑」的乳

液，脫光光地躺在裡面全身放鬆、放空，曬個二、三十分鐘才過癮。我光用看的就沒勁兒了，不知道這是哪門子的享受，簡直就像去照MRI核磁共振似的——被關進白棺材般機器裡，聽轟隆轟隆的馬達耳邊響，曬完出來全身熱烘烘、紅通通的，違反我華夏美女一心一意「冰清玉潔、白皙粉嫩」的美麗願望。

歐洲人處處都講究優雅，但是碰到了「誰能夠曬得比較黑、比較均勻」，就非搶地盤了。咦，可能是因為這樣——安德烈怕人跟他搶太陽，才討我這個，沒興趣日曬的來當老婆的？我們沒有其他的語言文化障礙或摩擦，一年就幾天得為了曬不曬太陽起爭執而已。還好，我們森林小鎮一年有九至十個月都是陰雨霧濛，難得出太陽的日子，也多叫茂密的樹蔭擋去。而沒擋到的地方，陽光從南邊斜射過來，把熱情力道全留在北非和地中海，到了德國，就只剩沒有熱度的純光線而已。所以從小在森林長大的人，有種天生的「陽光稀奇如鑽石」的渴望，艷陽烈日下，即使曬得頭昏眼花，也沒有要「取陰避日」的本能直覺。跟老公在露天咖啡座叫杯咖啡，他非選陽傘不遮陽的位置；三十五度的大太陽下開車，說什麼也堅持要打開酷襚了的敞篷，讓陽光直射頭頂，風沙掀亂髮，因為沙子沾黏髮絲才狂傲不羈，而越曬顏

跟前一張對比，這是盛夏的東京街頭，行人多撐陽傘。

色越淺的頭髮才金碧輝煌。上週在羅馬跟世界兩百多位車迷飆車，我佩服一位日本來的大和仕女，不管歐洲人用什麼眼光看她，她就是不屈不撓地做異類，不管走到哪兒都穿澎澎裙、撐花邊陽傘。跟她比，我真的太孬種，只敢用中文寫文章，背後批評愛曬的歐洲人；跟她們在一起的時候，卻只敢偷偷事前抹上又厚又強的防曬乳液、戴遮陽帽，再從陰影A跳去陰影B、快速閃躲到房檐下避開太陽。她們看我渡假回來還一副白皙皙樣，都垂下眉頭同情地說：「哎呀好可憐呦，Cindy怎麼都沒曬黑？是不是沒好好玩啊？」皮膚白，就代表是：沒錢沒閒渡假曬太陽的窮人，只能躲在屋子裡工作。所以還是低調一點好了，曬不起，就白一點、窮一點吧！

狗人

在Coven Garden的大街上，人擠人，水泄不通，各式各樣的街頭藝人，唱歌的、打鼓的、擲火棒的、扮銅像的、表演漂浮術的……，令人目不暇給，只恨沒有貓頭鷹的頸項，可以三百六十度的旋轉，全方位的觀看。這當兒哪裡會低下頭注意到身邊膝蓋般高的小狗屋？從狗洞裡突然有個沙啞的嗓音大喊，「汪汪！別走，漂亮的泰國女人！」

安德烈拉拉我的衣袖，對狗洞裡的狗熊人努努嘴，「他在說妳啦！」

「哦！」我大驚，駐足低頭，笑瞅狗人，「錯了！我不是泰國人。」

「汪汪，那，越南美女？」狗人蠕動他的毛爪子吠著說。

「不對！」

「汪汪汪，那，柬埔寨？中國？香港？日本？韓國？蒙古？菲律賓？印尼？……」

「不對，不對，不對，不對，不對，不對，不對，還是不對！」我一面搖頭，一面也幫狗人急起來了，從錢包裡掏出一塊英鎊，跟他說：「你猜對了，這硬幣就屬你。」

他急得汗如雨下，狗頭透著毛毯直冒蒸氣，把全部的東亞國家名稱重新數一遍，我這廂還是只有一個字「不對！不對！不對！」加他五十便士，看會不會變聰明一點，「提醒你一下，開頭的字母是個『T』」。

「Thailand泰國，我不早說了嗎？」他大喊，連吠叫都忘了。

「錯了，算了，祝你好狗運！我先走了，一點五英鎊我留著自己用了。」

走了不到兩步，他幾乎掀了狗屋、廢了道具，張牙舞抓大叫，「Taiwan！我想到了，臺灣！臺灣！」

我退回去，把硬幣扔進他的狗碗裡的，笑笑說：「答對啦！」

「奇怪，」狗人說：「我是個從小愛玩世界地理拼圖、夢想狗碗裡攢夠了錢

拉得弗森林異童話

隨想筆記

幣，有朝一日去環遊世界的小狗，但是我從・來・沒・有・想過，去『臺灣』這個國度。」

「從現在起，」我欠身摸摸狗頭，「直到永永遠遠，記得，想著、念著、惦記著……臺灣！」

「記得了，汪汪！」

十分鐘後我們又走回狗人表演的大街，老遠就聽到狗人的歌聲，用〈倫敦鐵橋〉（*London bridge's falling down*）的曲調編的歌：

I think of Taiwan all the time, all the time, all the time, 'think of Taiwan all the time, forever and ever.（我想著臺灣，一直想，一直想，一直想，直到永遠、永遠。）

旅行中無日月，此時忽然想起來，這天正是光輝的雙十國慶日，也是德國人的「世界愛狗日」。倫敦狗人唱的〈倫敦橋臺灣思想起〉就一起紀念這兩個節日吧。

雞不生蛋、鳥不拉屎、鴨子聽雷

開了兩個半小時的車去西北邊的小城參加音樂會演出，下了高速公路，繼續行駛於迂迴的鄉間小路，穿山越嶺，柳暗花明，一會兒羊腸小徑，一會兒林蔭大道，四週盡是森林和玉米田，少有房舍，不禁問自己，到底誰住在這種地方啊？難不成這場音樂會是要開給山中精靈聽的？邊開車邊納悶兒，這時手機響了，我按下自動對講機接聽來電，是安德烈，他人正在外面出差。

「妳在哪兒啊？」他問我。

「這兒啊……，不知道是個什麼鬼地方，chickens don't lay eggs and birds won't shit的地方」沒錯，就是個「雞不生蛋鳥不拉屎」的地方。邊開彎路邊把俗諺直譯成英文給他。

「蛤？什麼『雞』又『鳥』的？」

「噢……，我說的是中文成語啦，換成你們德文，就叫做『死褲子』的地方。」是的，德文中說極其無聊，成語就叫做"tote Hose"（死褲子）。

「哈哈哈！」安德烈大笑，「還真配，雞啊鳥的都死在褲子裡了！什麼鬼地方？妳確定沒開錯？音樂會怎麼會在那兒？」我忽然有點洩氣，懷疑在這種地方開音樂會，除了死在褲子裡的雞和鳥，有人類會來嗎？「嗯，我也猜大概沒什麼人來……」我嘆口氣說。

「噯，別氣餒，其實還有另外一個德文成語形容極其偏僻的所在，想想，在『那個狐狸跟兔子道晚安的地方』（Wo der Fuchs und der Hase sich gute Nacht sagen.）開音樂會，不是別有情調嗎？」

對喔！此時正好開到小山丘頂，眺望遠方，路的盡頭那個沉靜在森林中央、圍繞著教堂尖塔的小城鎮，就是我的目的地，一瞥馬路旁邊看板已張貼有今晚的音樂會海報，我一加油門，駛入霞光中「狐狸跟兔子道晚安的地方」，提醒自己，待會兒演唱，運氣發聲得好似「道晚安」般的輕柔！

不論是德文還是中文諺語，若是當母語掛在嘴邊常說，說著說著，就失去了它原本的魔力，譯成其他語言再說一次，就像打了個巨響的鼾呼嚕，不但把自己吵醒，還能震驚八方。比如說有一次我陪朋友去聽一場經濟學的演講，講者是某大學的著名教授，他為了解釋許多經濟現象，如股票的漲跌、景氣的起伏，說有時好壞不能馬上定論，要靜觀其變，就講了個故事：

遠方的中國有個叫做Sai的老人，有一天他心愛的馬匹走失了……

「喂！」我恨不得起立告訴在場百來個人，「這故事沒什麼了不起的，就是『塞翁失馬，焉知非福』嘛，我，我幼稚園就聽過了！」但是沒人理我，在場粉絲像是第一次聽大道理似的，津津有味，頻頻點頭、莞爾一笑、再笑、三笑……。華語裡八個字的諺語，被教授用德語講得累贅冗長，聽完演講，和我同去的朋友還在玩味這個故事，說回去要講給她愛投資理財的老公聽，可是對我的「八個字，幼稚園就會了」的申明一點不予置評，我哼哼鼻、沒好氣地說：「去講吧，反正我既不買賣股票、也不炒房地產、也沒餘錢放在瑞士還是摩納哥的銀行，經濟垮不垮，也輪不到我來救。因為"When the sky falls, there are big guys holding it up."」

「妳說什麼來著?天空怎麼了?」我的德國女友睜大眼睛問我。噢，不就是「就算天垮下來了，怕什麼?還有個高的人頂著」嗎?她說，好耶，中文版的"Don't worry be happy"真是充滿了畫面！

所以回家我就上YouTube點了Adele唱的〇〇七《空降危機》的主題曲〈Skyfall〉來聽，邊聽邊給自己切個鳳梨來吃。吃著吃著，想起，「鳳梨」，多富貴的名字啊！可不是普通的水梨，而是梨子裡頭的鳳凰啊！我想到大陸朋友喚它作「菠蘿」，可以理解，畢竟古代的中原肯定不產這種菱菱角角、扎扎刺刺的水果。菠蘿，一聽就像個張牙舞抓、包了個波霸頭巾、一臉坑窪痘痘的蠻夷小羅羅。鳳梨英文叫Pineapple，「松蘋果」，哪能跟充滿想像力的德文名比啊?我跟德國朋友說，我的故鄉臺灣，是鳳梨的盛產地，瞧他們那個羨慕的眼神哪！溫帶大陸的甜美「白雪公主」水果，如櫻桃、藍莓、水蜜桃……等，看到打扮冶豔誇張、好比Lady Gaga或Tina Turna的鳳梨，馬上自認太不上道，擺清純是混不進夜店的，全都下跪參拜這位東南亞娘娘為「阿娜娜」Anana！

有一次我難得買到亞洲進口的「蓮霧」，特地在晚飯後拿出來當甜點宴客。蓮霧英文、德文名都叫"Bell fruit"（鈴鐺果），不能說這名字起得不好，畢竟它還真有個鈴鐺般的身材。但當我說，鈴鐺果在我們臺灣叫做"The mist upon the lotus"（蓮花上飄渺的霧氣），「啊～」，陡地引起一陣低吟驚呼，「多有禪味的水果！粉白淡染的容顏，雖然嚼兩下就不甜了……」但佛曰：「不可說」，大家嚼在嘴裡，想在心裡，蓮霧、蓮霧，吃完回去且慢慢參悟……

吃蓮霧、參悟之人有寧靜雅緻的氣質，但話多的人，如政客、名嘴，世界都一樣，看似辯才無礙、頭頭是道，批評、分析起來淅瀝嘩啦「有如瀑布，不帶逗也不帶點」。德文諺語"Er redet wie Wasserfall, ohne Komma und Punkt"就是這麼形容話多、強辯、只顧自己說、不理人家講什麼的人，我指著電視裡的名嘴說：「咕，他說的話，我連標點符號都不相信！」兒子馬上回：「他講話本來就如瀑布，不帶逗也不帶點，哪來的標點符號？」

跟我學中文多年的克莉絲，上回聊天時說道：「哎，我那個女兒一點嫻熟優雅的女孩子氣都沒，叫她來廚房幫點忙，左給我撞翻麵粉罐、右給我弄灑了油瓶，妳說我怎麼會生了這麼個『陶瓷店裡的大象』（Der Elefant im Porzellanladen）！」巨手巨腳的大象就算步履輕盈小心地在陶瓷店裡閒逛，也免不了罄鈴哐啷撞碎滿架子的陶瓷藝術品吧。她問我中文裡有類似的成語嗎？我想了半天，還真沒這麼有卡通風格的句子，頂多平鋪直敘地說「舉止粗魯」、「笨手笨腳」吧。

可是我說，中文裡的「對牛彈琴」也挺有卡通喜感的，你們德文裡有嗎？我解釋了一下「對牛彈琴」的意思，有喔！德國學生們齊聲喊，我們叫這種情景「把珍珠賞賜給母豬」（Perlen vor die Säue werfen）嘖嘖……真是太挖苦了，還是咱華人厚道點，罵人是「聽不懂琴聲的牛」似乎還是比罵她為「不識珍珠的母豬」仁慈點。

作家Horst Everts最近講了個故事，他說他有一回看到十字路口有個人一面低頭滑手機，一面等紅燈要過馬路，偏偏交通號誌紅了又綠、綠了又紅，好幾回合，那個人抬頭看看燈號，還是低頭猛滑手機，不過馬路。作家納悶，禁不住過去問他，幹嘛綠燈好幾次，還是不過？才發現他正一頭大汗急著解手機裡的「數獨Sudoku」數字填空遊戲。滑手機的路人抬頭看他一眼，仰天長嘆道：「自由對一匹狼而言意義何在？如果連羊都不准牠吃？」（Was nützt dem Wolf die Freiheit, wenn er das Schaf nicht fressen darf?）

這個人，玩手機遊戲玩得走火入魔了，過不了關就好比吃不了羊的狼，就算綠燈允許行的自由，他也覺得毫無意義。

這句話若換個時空，到臺灣去試試身手，是否可以這麼說呢？

「自由對一個前總統而言意義何在？如果連日本人都不讓他做。」

我把以上想法講給安德烈聽，卻懶得解釋臺灣百來年的過往歷史，他說：

「蛤？蝦米？我只聽得懂火車站……」（Ich verstehe nur Bahnhof）

「我只聽得懂火車站」是個蒸汽火車時代流傳至今的諺語，火車站裡磬磬鏘鏘、轟隆轟隆、震天價響，誰還聽得懂、聽得到什麼呢？若換成在工業革命從缺的中國，則反回歸田園意境，我們叫它Ducks listen to the thunder，鴨子聽雷！

充快樂

在網路上閱讀了作家王文華的作品：「原來我們不像在臉書上一樣快樂——一味討讚無法讓人做真實的自己，」他說：「臉書上的我們，是精心過濾後的三分鐘預告片。生活，是九十分鐘的本片。現實中大部分的沉悶，要如何分享？」

英文網站也有類似的發言：Our life isn't as awesome as we pretend it to be on the Facebook.（生活並不如我們在臉書上佯裝的一樣精彩。）

真不懂，寫這些文章的人是什麼居心？是唯恐世界不亂，該製造一些憂愁慌張才行嗎？

基本上，快樂本來就是短暫的片刻，不去刻意地製造、覺察、沉浸，它就極少發生，或者稍縱即逝，不留任何痕跡；不過快樂的特質和「愛」一樣，越表達、越分享就越多，而且越深刻。我還讀過一篇報導，說就算沒什麼開心的理由，也試著把笑容經常掛在臉上，笑容牽動臉部肌肉、知會身體：我在笑，我是快樂的，請多分泌「安多酚」給我！心臟和血液循環就會因之安適，進而提供腦部及其他器官足夠的氧氣和能量，記憶力和反應能力都會提升，快樂和幸運就會自動被吸引過來。

所以到底是事件製造情緒？還是情緒製造事件？是好運的人快樂？還是快樂的人運氣好？

昨天看書──《Stuffocation》的作者James Wallmann說：「自從臉書出現，物質主義首次遭逢前所未有的挑戰與革命。在臉書上人們分享的是『做了什麼』的實踐經驗主義：去哪兒玩、參加什麼體育、文化活動、讀了什麼報導、吃了什麼特別的料理……，『讚』的趨勢是『嘗試』和『經歷』、用什麼幽默的詞句和心得來分享，而不見得是活動本身有多艱鉅、結果有多優秀；事實上，失敗的經驗，如烤麵包烤焦了、做布丁把鹽當成糖、剛買的洋裝穿兩下就綻了線，出國旅行行李超重、飛機誤點……，端看分享之人怎麼苦中作樂，發揮絕地逢生的想像力，『讚』的指數不見得會比分享亮麗、成功的貼文來的低。」James Wallmann又說：「在此之前，人們習慣用來引人注目的是『擁有什麼』的物質主義，有什麼學歷頭銜、穿戴什麼牌子的手錶首飾、拿什麼包包、開什麼車……，所以變得物質執著、擁擠累贅、人比人氣死人。一般而言，在臉書誇耀這些『物質擁有』得不到什麼高人氣。漸漸的，坊間『斷捨離』、『極簡主義』的書籍越來越被大量傳閱並落實履行，越來越多的人放棄以奢侈囤積豪宅，轉而尋找新鮮、嘗試冒險、上山下海、自己動手做……，然後將經歷標注、分享。」

我個人覺得，求不求「讚」，因人而異，但「讚」並不是臉書或網路社團、遊戲團隊的意義，而是在忙茫盲的日常生活中得到「互動與回應」（Feedback）。

在湖邊看鴨媽媽帶鴨寶寶散步游水，一隻小鴨鴨游在前方，「呱呱呱」地叫，鴨媽媽也回叫「呱呱呱」，其他的鴨寶寶們跟著此起彼落地「呱呱呱」叫。牠們在說什麼呢？小鴨鴨說的是：「我在這兒啊！媽媽我在這兒！」媽媽說：「乖乖你在那兒，我就在你後面……」鴨寶寶們說：「我們也在這兒！我們游過來了！」這就是「互動與回應」。動物需要彼此的互動與回應，藉此，他們知道自己的位置，肯定自身的存在，這對心理的發展無比重要。看過一則報導，說孤兒院或難民營的孩子即使衣食不虞、尿布定期換洗、衛生也有人打掃，但是由於看護人員以一對數十，實在無法一一和他們互動回應，導致孩子們全都智力反應遲緩。也就是說，嬰幼兒期缺乏大人跟他們說話回應，會造成一輩子心理和腦力的發展缺陷。

得到互動與回應是人類的基本需求，有的人需要的多些，有的人少些，但是完全欠缺是會逼人生病的。可惜在現實忙碌生活中，要得到注視與肯定是那麼的困難，被忽視或拒絕是那麼的痛。再加上詐騙集團層出不窮的惡劣伎倆，熱心直腸的人吃了幾次虧，終得學習懷疑和猜忌，於是大家教你，不要相信陌生人，要擺出一副不在乎、凌駕於上的酷模樣。有些人做得徹底，練就一身超越、無感的厚皮；有些人卻始終在世態炎涼中不斷受傷。臉書、網路社群、遊戲團隊……這時提供了安全的保護大氣層，在這個大氣層裡，人人低頭滑手機，不需再「抬頭」面對被漠視、被當面拒絕的外太空無氧。

多年前一口氣讀完讀了奧地利作家Stefan Zweig（茨維格）的中篇小說《*Brief einer Unbekannten*》（中文譯名：一位陌生女子的來信），深受感動震驚。此書初版於一九二二年，講的是一位維也納名作家在他四十一歲生日當天收到一封長信，寫信人聲稱從她十三歲起，和作家同住一棟公寓時就愛上了他，他們經常在門口、樓梯間擦肩而過，但是作家從未注意過這個不起眼的小女孩。後來這個女孩想盡辦法靠近他，還跟他有數次一夜情的關係，甚至結下珠胎，英俊又受女性歡迎的作家卻始終不曾認真留意過她的存在。直到她的孩子病逝，多情可憐的女子也得了不治之症，死前她把此生永不留下痕跡的絕望愛情寫成長信，寄給這位一生把她當成空氣的冷漠男人。

這本幾乎持續一整個世紀的暢銷書到底為什麼一再在世界各國推出新譯本？不斷打動人心？我想，就是因為它藉著這位一輩子被忽視、遺忘的故事女主角，喚起世人共同的焦慮與同情——怕被忽視、被遺忘，且失去存在的意義。就連「網路霸凌」其實都是另一種變相的求得「互動與回應」的極端方式。十幾年前要靠專業狗仔隊才能達成的惡意曝光、揭醜，今天任何一個假粉絲都可以以一張圖片、三言兩語做得到；酸民發言能引起的強烈互動反應、牽動大眾跟隨討論，又能一夕間陷偶像名人於惡臭泥沼，真是令渺小又焦慮的自我萬分振奮哪！

所以別再說「我們在臉書分享的快樂是佯裝的假象」。假如你沒錢，充闊也還是窮光蛋一個；假如你沒學問，端出個假學歷也還是草包一個；但是假如你生活沉悶、渺小又焦慮，就充充快樂吧！假戲真做一番，分享平凡中的幽默感和想像力，下一刻就成了真快樂！也別搖頭批判漠視現實的「低頭族」，唯一抗衡迷失網路假象空間的方式，就是自己先抬頭，給身邊的人一個真實的微笑、有力道的擁抱、有實質溫度的傾聽與回應，旅行、運動、出汗、烹飪、歌唱、勞作……，然後分享！

情緒管理

去聽了一場關於「情緒管理」的演講，講者是心理醫生萊納。

莫妮卡跟萊納說，只有她的情人史蒂芬能讓她快樂，她老公做什麼說什麼都無法打動她的心。萊納說：「不是這樣的，沒有一個別人能讓妳快樂、幸福、厭惡、傷心、失望……，全部的情緒都生自於妳的腦海裡，是妳，讓妳自己快樂、幸福、驕傲還是傷心、憤怒、失望、憂鬱……」

萊納說，有一陣子他必須上早班，清晨六點就坐在地鐵裡，靠著玻璃窗打盹。在「大學附屬醫院」站上來了一個看似疲憊的年輕父親，帶著三個小小孩——三歲、四歲、五歲的樣子。三個孩子頑皮極了，在不算擠的車廂裡追撞吵鬧，踢倒了萊納擱在座位旁的手提包、踩到乘客的腳、甚至在地上吐痰……等等，年輕的父親只是坐在那兒，一句話不說，任由他的孩子們胡鬧。萊納本來就睏，這會兒真的被吵得很火大，終於忍不住，走到那位爸爸跟前，氣憤地對他說：「喂，你管管你家的野孩子好不好！」

那位爸爸怔忡地抬頭看著憤恨質問的萊納，說：「噢……很抱歉。我……我太太，他們三個的媽，一個小時前在大學附屬醫院過世了。我……我現在一團混亂，不知該從何開始管才好？他們三個，我想，也不知道自己在做什麼……」

頓時間，萊納的火大情緒消失了，三個孩子繼續大聲吵鬧，情況一點都沒改善，但是怒意一去不返。

所以，萊納說，情緒其實並不是被「事件」所掀起的，掀起「情緒」的一直都是你的「想法」。當你認為，對方是故意要干擾、瞧不起、阻撓或整我，什麼簡單事件，都可以引起情緒一發不可收拾。相反的，一旦這個「故意」不存在，事件只是事件，不帶情緒的色彩。

世界上真正的惡意重傷其實可能性不到千萬分之一。所以我一向不是《魔戒》電影的粉絲，不管他電影效果拍得有多好，像Modor的Sauron那樣的萬惡不赦大壞蛋實在很誇張，引不起我的同理心。當年看完電影，大家都在讚嘆的時候，我就搞不懂，Sauron差遣妖怪Orks大軍屠殺村莊、把樹木都拿去燒了，全世界都被他破壞掌握，他到底得到什麼啊？

其實真正的惡意並不起始於惡意，絕大多數的惡意起始於「恐懼」和「沒自信心」。據說，希特勒本來是一心一意要做藝術家的，他拿了他的繪畫作品去美術學院申請入學，居然被甄試者笑罵：「哈哈，憑你這點沒藝術細胞的也想做藝術家！還是回家撿垃圾去吧！」希特勒頓時自信心一掃塗地，唯恐人家瞧不起他，就發誓非做點什麼驚世駭俗的，讓你們瞧瞧。於是他成功地證明了自己，成為二十世紀的一級專制領袖及殺人魔。

如果當年那位甄試者說的是：「嗯，你的作品有它的特色，我個人也欣賞其中的幾幅，只是今年申請競爭的強手特多，很可惜不能提供你就讀的位子，回去繼續努力，明年再來，說不定明年你就入選了。加油吧，小子！」世界歷史也許就要重寫。

只是很可惜，引起恐懼和打擊自信心的言論傳播最快，鼓勵和慰藉的句子顯得毫無張力，沒人要聽。情緒縱然歇斯底里，但是誰能說它不也挺有消遣解悶作用的。一片叫嚷聲中，人人堅持自己的「想法」，放縱自己的「情緒」，認定別人「故意」，小心啊，星星之火的「惡意」就在我們的家鄉，漸漸燎原！

餿水、瘋牛有限公司

臺灣朋友們大肆抨擊的餿水油一案，牽連似乎越來越大，就連國外的亞洲超商都不敢進made in Taiwan的食品了。美國的朋友說：「味全冷凍水餃大打折，店家意在出清存貨，趁食品未過期前，能撈幾個錢就撈幾個錢回點本」；而思念家鄉餃子口味的遊子，為了和故鄉「同病相憐」、千里共「慘瘸」，也義不容辭地揀便宜、分一杯餿羹……

這讓我想到，大約二十幾年前（當時我剛來歐洲，在大學上德文課），英國出了瘋牛症，整個歐洲都為之恐慌，沒人敢吃牛肉，誰知道哪家肉攤的牛肉裡會不會滲入講英文的瘋癲牛，就連屠宰場都請了動物語言專家來試聽檢驗，牛隻鳴叫聲若是德文的「ㄇㄨˊ」，或法文的「ㄇㄩˊ」，就通過品管，牛皮上得以扣上「正字標記」的章子！而那些後知後覺的、自以為嗚叫帶有英式口音「ㄇㄡˊ」的牛，很抱歉，不會被視為英國紳士牛。在歐洲牠們身價掃地，只配被做成廉價牛肉罐頭，坐飛機去救濟飢荒的北韓同胞。以致若干年後，出了個被瘋牛養得白白胖胖、自己玩核武玩得很過癮的金正恩，其實，當時歐洲分發救濟品的慈善單位要負很大的責任！

大概兩年多前，德國也爆出了食安醜聞，食品檢驗機關竟然在冷凍千層麵或義大利肉醬麵的絞肉裡面，驗出了馬肉，雖然包裝上成分顯示的明明是牛、豬肉，食品製造商卻不小心學錯了中文成語：「馬到成功」，以為把「馬」混到裡面就會成功，唉，只能怪成語害人啊！

頓時，冷凍食品製造商人人喊打，各大超商成噸成噸地倒棄沒人要買的、可能含「馬」的絞肉食品。

當時，正值聖誕節前夕，網路上訂購禮品的生意好得不得了，我打算送鄰居愛騎馬的小女孩一本《美麗的馬匹攝影》次年月曆，在網路上瀏覽了很久，終於完成圈選、線上付款手續，竟跳出網站建議——喜歡這份馬匹月曆的客戶通常也會一併購買以下商品：一、馬匹繪圖本，二、馬匹百科全書，三、義大利馬肉千層麵，四、義大利馬肉醬麵。

如今臺灣消費者大力抵制不肖餿油商品，全家便利商店半賣半送味全布丁，遭人嗤之以鼻。而旅居國外的臺灣同胞，卻存僥倖之心，反正平時吃的不多，現在偶爾揀揀便宜多吃兩口也死不了吧！建議網站也可以一併推銷，喜歡此類水餃、布丁食品的客戶也可以享受折扣、一併購買：一、敏肝寧，二、歐羅肥，三、健落生髮水。至於若干年後，不論什麼顏色還是素色政黨、人物，對臺灣的前途提出什麼「餿」主意，大家就心知肚明，這黑心後果從何而來了。

關於店員、促銷與服務

裝可愛 v.s. 裝專業

在臺北和兒子一塊兒去家樂福大賣場逛了一圈，給他們的小表弟各選了兩個「變形金剛」，卻在五花八門的置物架間迷了路，找不到收銀臺在哪兒。正巧一位穿著家樂福制服的年輕店員美眉站在樓梯間，我們過去問她：「請問收銀臺往哪兒走？」

「ㄟ……，收銀臺啊？」美眉用食指撐著嘟起的嘴唇，閃著大眼睛一臉迷惘：「那個……我也不知道耶！」她左顧右盼，內八字小碎步跑到旁邊另一位店員那兒嘀嘀咕咕一陣，又微啟晶瑩紅唇地跑回來，大舌頭嗲嗲地說：「不好意思，你從那邊走走看好了。」

奇怪，她不是大賣場的店員嗎？這個都不知道！我跟兒子說：「在德國不可能會有這種搞不清楚狀況、但很會撒嬌、裝可愛的店員的。」對呀，德國的店員如果不知道，不會裝可愛，但是會裝專業：「（咳咳），嗯，收銀臺的所在啊，很抱歉這不是我負責的項目，我無法告訴您。」其實也很瞎掰。

誠實

我在誠品服裝店試了幾件衣服，試完都不盡滿意，最後試了件裙子，還是不順眼，旁邊店員猛敲邊鼓：「好看！我們家的衣服穿起來就是很有風格……」

我也有點不好意思，試了這麼多卻一件不打算買，跟她說：「抱歉哦，我覺得你們家的設計對我而言都太年輕了，我穿起來味道不太對。」

「哪裡會？妳穿好看啦！」店員說：「我們家的衣服，一般都是像妳一樣、上了年紀的客人愛來買，年輕的都不會來啦！」

這……上了年紀？這店員小姐的促銷口才實在不敢恭維！

不久前類似情況也出現在德國杜塞道夫的服飾店裡，我說：「不行，我覺得這衣服不適合我。」

「是嗎？」德國店員說：「可是我覺得這顏色跟您的黑髮、黑眼珠還真搭耶。」我也偷笑，他們德國人髮色、眼珠色不一，有金、有棕、有褐、有紅、有綠……，可我們亞洲人都是黑髮黑眼（我的頭髮眼珠還不算特黑哩），說衣服跟我的黑髮黑眼相配，說了真的跟沒說一樣……

快一點

在華人餐館吃飯，客人是老大，可以催，「來，點菜點菜！」「那個……上菜快點！」「喂……加點茶水，快點快點！」服務生通常都會鞠躬哈腰地說：「欸，是滴是滴，給您催催！」

德國餐館的客人，約定俗成是不允許催的，「催」表示對服務生的專業抱質疑態度，很不禮貌。茶水也不能無限續加，一杯茶喝完了，茶包不能復用，多叫一杯茶就得付一個新茶包的錢，多浪費啊！偏偏我餓得急了，叫的菜緊不來，血糖低，顧不得德式禮貌了，我攔住奔走的服務生，「麻煩你，我叫的XXX怎麼還沒來？」「那個……給我的茶包再加點熱水行嗎？」服務生的表情經常是很錯愕，這種「催法」他們似乎從沒碰過，沒學過該怎麼應對。安德烈三番兩次糗得假裝不認識我，我則笑他小家子氣，不催就得挨餓，這有什麼大不了的？

後來，我學會了，德國人也催的，只是用字含蓄多了，當我再次用眼神懇求服務生止步，問他：「您還『惦記』著我的炸豬排嗎？Denken Sie noch an mein Schnitzel?」或者，「您的選茶太棒了，我恨不得再沖泡一次！Der Tee ist so lecker, kann ich bitte ihn noch mal aufgießen lassen?」

不錯愕了，被臉上貼金的服務生衝進廚房，阻擋一切其他烹飪及上菜作業，馬上獻上我的炸豬排、端來一大壺熱水，還附贈兩個茶包！

中華料理

每次到杜塞道夫這樣的大城，看到日式拉麵、居酒屋、日法合璧菜，索價昂貴，人們趨之若鶩、大排長龍，而一旁中餐館價格合宜卻門可羅雀，到底為什麼？明明，中華菜式、烹飪功博大精深，憑什麼到了西方就打不過日本料理？

有一次我很雞婆，在日式居酒屋店裡聽到隔壁桌德國人聊天，他們說：「我覺得日本菜不但好吃，又有烹調文化，不像中國菜，總是一堆雜碎游在甜酸、宮保勾芡裡，味精像不要錢似地亂加，而且沒什麼特別嘛，都用刀叉吃，上中餐館除了滿屋子廉價的的玉雕龍鳳、梅蘭竹菊俗氣畫外，實在沒什麼水準……」

我在一旁聽得熱血滔滔猛搖頭，炸蝦都忘了吃，就插嘴搶白進去，「誰說中國菜該用刀叉吃？你去中國、臺灣、香港吃吃道地的中國菜試試看，都用筷子，誰給你刀叉了？誰說都是雜碎游在甜酸、宮保的味精勾芡汁裡？做中國菜學問可大了，煎煮炒炸、刀工火候、大江南北口味變化，任你三輩子的功夫也嚐不完、享不盡……」。老德一桌把我當神經病似地瞅著，一副「我們聊天，誰請妳發言了？」地皺眉頭，於是我囁嚅做了個總結，「只怪在德國開中餐館的老中全走偏了路，誤以為廉價、吆喝、迎合西洋口味、提供刀叉……，才能討好西方人，把自己畫地自限，不但進不去美食殿堂，更誤導了你們。」他們互相使眼色、對我點頭，就怕說了什麼會引起我更多長篇大論似地，保持沉默，最後，我自己找臺階下，「不好意思，您慢慢享用，這家日本料理菜色還真的還不錯……」。

說實在話，日本料理味道跟德國豬腳、香腸拼盤大相逕庭，一般的德國鄉下人多半是吃不慣的；本來就不太會料理海鮮的老德最怕魚腥，聽說日本人吃生魚、裹海苔，用膝蓋想頭就暈了。至於迎合德國味、德國胃、刀叉配合德國餵、廉價討好德國慰……的中式餐館，摩登大城市裡縱然節節敗退，在土里土氣的小鄉鎮卻還能搶得一席之地；俗斃的雕龍畫鳳裝潢、大紅燈籠高高掛，All you can eat的甜酸、雜碎、宮保自助吧檯，才八塊歐元，不去撿便宜的是傻瓜。也難怪整個德國對中式菜餚的印象會停留在「廉價低俗」上了。而日本料理，老德就算吃不慣、筷子拿不穩、胃酸翻攪、錢包失血，為了趕時髦，也得趁進城購物之機進去涮涮，以便回到鄉間炫炫……

為中華料理喊屈，明明博大精深，為何落得如此聲名狼籍？只怪華人短視近利，格局不夠大。道地的好餐館不是沒有，但是只賣自己華人，連發給老中和老外看的菜單都不一樣，老中可以點「夫妻肺片」、「薑絲大腸」、「清炒鱔糊」、「乾鍋牛雜」……，老外看的菜單永遠都只有「甜酸肉」、「宮保雞」、「北京鴨」和「雜碎牛肉」……，藉口，做的太中式了，他們不懂得欣賞、吃不慣，結果呢，害中餐永遠屈就便宜快餐類，登不了大雅之堂，冤哪！

筷子

多年前我和德國朋友一起看風靡歐美的影集《星際迷航記》（Star Trek），在未來的超級星際艦艇企業號（Enterprise）上的餐飲部門，地球人和外星人齊聚一堂，用餐聊天，他們的膚色、五官、裝束……再再顯示生理物種是相差幾萬光年的異星人，但是飲食起來，大家都使用刀叉、喝罐裝啤酒或插小雨傘的雞尾酒，德國朋友們被劇情吸引，看得入神，我在一旁卻不禁大笑，「什麼跟什麼嘛？星際村裡原來都是你們歐美人哪，既沒人用手抓食物，也沒人用筷子，更沒人用長舌頭捲食、用長鼻子吸食……，騙誰啊？一點也不inter-galaxy跨星際啦！」這時一個德國女朋友停止看螢幕，轉過頭來盯著我，遲疑片刻，才問，「你們，到現在，真的，每天、每餐，都用那個叫什麼的，兩支小棍子，吃東西嗎？」

「妳是說筷子。」

「對。我的意思是，難道筷子不是只陳列在博物館裡的古董？被文明刀叉替代掉的原始工具？像日本人只有在特別場合才把和服拿出來穿戴，搞搞噱頭而已的東西嗎？」

「不是的。筷子源遠流長，像刀叉一樣，自古至今，從未間斷地被使用，而且一雙筷子，打蛋也行、煮麵也行、燒烤也行、拌餃子餡兒也行、捲麵團做花捲或法式可頌也行……，省掉了買一大堆額外的工具，實在是生活不可或缺之物。」

後來我想，筷子的「以不變應萬變」到底是利還是弊呢？德國廚具花樣百出，設計新穎亮麗，光是打蛋器就有多種，刀叉分吃肉和吃魚用的，叉尖長短有異、刀刃方向不同，烤肉有烤肉夾、煮麵有煮麵夾、大叉子用餐、小叉子吃甜點，小夾子夾方糖，小勺調咖啡……以上，夠麻煩的了，省得換來換去，我全靠一雙筷子，就連攪拌咖啡、吃蛋糕，都可以用筷子。

吃完飯的碗盛湯、喝碗湯的碗裝果皮屑……，講究的德國人看得很不順眼，他們強調，喝果汁要有果汁杯、喝紅酒有紅酒杯、喝香檳有香檳杯、喝茶有茶杯、喝咖啡有咖啡杯，喝湯有湯碗，玉米片泡牛奶有牛奶玉米片碗，混淆不得的！每一種容器或工具的材質、把手、座子、形狀都有異，只為把實用效果、食物的色香味集中展露至最極限，所以不厭其煩地動腦筋、替換容器和工具。結果，他們的烹飪工夫雖不及中華料理博大精深，但烹飪器皿工具日新月異，叫人愛不釋手，越把玩越貼心；筷子縱然好，看多用多了還是厭。一旦錢包鼓了，我非買兩三個漂亮的夾子、成套的杯碗，就算不用，擺著看，也爽。

寫到這兒，想到安德烈二十三年前第一次訪臺，看到我用筷子吃白煮蛋，直呼神技！回德國後，給我寄來好幾個可愛的「專吃白煮蛋容器」，可以把煮好的蛋連殼置入，剝了上半邊的殼，灑鹽用小勺吃煮蛋。這些裝蛋容器被我擱在梳妝臺多年，專裝耳環、戒指、小珠珠，那時我怎麼都無法想像，誰會為了吃個白煮蛋，特地站起來拿個蛋碗去裝啊？

問題是，蛋可以不吃，蛋容器設計太可愛了，一時管不住錢包，就會老買……

太可愛，一不小心就會亂買的「吃蛋容器」。
圖片取自Bonbonmisha法國居家雜貨網站。
http://www.bonbonmisha.comproducts_inside_op.phpID=367.jpg

兩天而已，唇舌被花椒折騰的，陣陣疫麻，麻中滋味萬千，撲朔迷離。

第一天，早上參觀離心機、水利發電機大工廠，中午在上千人的工廠大食堂裡跟員工們盛菜打湯吃。

大鋁盆裡菜色簡單，清淡、濃烈分布均衡，有清燉娃娃菜、涼拌萵苣筍、芥菜肉片炒蓮藕、麻辣豆腐燙、酥炸焦麻雞、冬瓜竹笙湯……

大食堂內白牆斑駁，日光燈閃爍，桌面怎麼擦都嫌油膩，一片吵雜，滿桌滿地的食餘、濺灑的醬汁、揩過嘴亂扔的紙巾，談不上任何食的氣氛，完全欠缺美感，但是就菜論菜，其實不壞，火候、調味拿捏得好，只可惜餐具、座場、環境辜負了好菜。

下午參觀離心鑄造廠，喝了一沖再沖的蓋碗「銀針竹葉青」，推茶碗蓋兒的功夫沒練到家，以至茶葉時不時沾到了唇齒，得出動舌尖撇開，「呸」在托盤裡，德國人這「呸渣滓」的能耐完全與生不俱，安德烈怎麼呸也呸得沒個大老爺樣兒，搞得濕茶葉渣黏得一嘴角。我呢，練兩下，呸起來就很有太后品茶的風儀了。

晚上被廠家請在成都郊區的花園樓閣用餐。花園是上千畝地有機農莊的一隅，裡頭什麼蔬果穀物、雞鴨牛羊魚都有栽植畜養，荷花池內的大荷葉綿延至大際，蜻蜓嚶嚶，流連忘返於花藕之間。我們的包廂就是九曲橋盡頭的單棟樓閣。

先上黑苦蕎茶。何以叫苦蕎？卻如此甘甜解暑！再上涼菜——燉了放涼的筋嫩豬蹄、樟茶鴨、拌海蜇、酸辣豆腐腦、麻辣手撕茄絲……，斟上清冽的五糧液，五十二度的酒精一下喉就從食道燒上頭，我不敢多喝。主人頻頻勸酒敬酒，吃兩口菜就舉杯相敬、說祝頌語，這敬酒公式對歐洲人很是陌生，鬧不懂為何不一會兒又得舉杯、又得舉杯……，弄得安德烈昏頭轉向。再上熱盤，水煮鱔魚（辣的哩！）、回鍋吊肉片、椒鹽蝦球、魚香溜蟹腳、鹽焗排骨、酥炸豌豆、清炒豆苗、芝麻鍋餅，以為菜到盡頭又來一道，川娃兒粉墨登場，進包廂來表演「川劇變臉」，幾番「力拔西山氣蓋世」的身段臉譜下來，又不知不覺上了兩三道菜，真個是沒完沒了。

第二天自由活動，咱冒著三十三度的大悶熱天，遊古巷弄「寬窄巷子」和「錦里」。成都市是怎麼了？店家大都節約不開空調，徒讓輪胎似大的電風扇擺頭猛吹，無濟於事。誰也沒料到，這熱到腦細胞解體蒸發的一天竟是七夕情人節！熱成這樣親熱免談，就連牽手都只能勾勾手指尖而已。我仰天企盼：重逢的牛郎織女來個淚灑鵲橋大陣雨吧，拜託涼快涼快；無奈豔陽持續高照，估計這年頭不流行驀然回首、哭哭啼啼這一套，大概在天上跳起勁爆的嘻哈舞來了，只有更熱的分！

巷子裡都是一攤攤的小吃，自頭至尾，從擔擔麵、紅油抄手、豬耳絲，到珍珠圓子、油茶、蒸糕、麻花、發糕、馬蹄糕、糖油果子、酸辣粉、涼粉、涼麵、碗豆糕、肥腸粉、小籠包子、怪味雞塊、怪味兔丁……還有好多我叫不出名字的玩意兒，總之離不開麻辣、紅油和酸爽。我看吃的人多，卻不敢亂吃攤販，好容易找到了個小吃店面，快擠進去點了麻辣涼粉、紅油抄手，埋頭猛吸，辣的汗水和鼻涕淅瀝呼嚕地流淌，這時大電風扇吹來，頓覺舒爽！用四川話發自肺腑地喊一聲「蒿安

成都的路邊小吃攤：烤豬鼻子。

矣啊！（好安逸啊！）」

安德烈不落人後也跟著吃，辣的幾乎脫水，怎麼擦、怎麼吹都滴答不完，眼前一片迷濛，指著店外另一小吃攤問我：「那個……他們燒烤的，真的是豬鼻子嗎？」我笑他是辣的傻了，硬說是做成豬鼻樣兒的饅頭罷了，過去一問，被老闆娘輕蔑地噓了一句：「呿，當然是真的豬鼻子剁下來的烤滴噢！妳要不要啃一個嚐嚐？」

晚上安德烈辣怕了，堅持先去正宗德國寶萊納啤酒屋喝一公升的金色啤酒（das Helles），嚼兩口粗鹽硬麵包Brezel。進到跟家鄉裝潢一模一樣的啤酒屋，就連女服務生的巴伐利亞低胸蓬蓬袖、背背裙裝（Dirndl）都一樣，只差胸脯扁扁，鼓不起來而已，他一時鄉愁得以撫慰，激動極了，直呼絕讚，人間仙飲哪！喝完再來一公升，漸漸醺醺陶陶，差點就叫了什麼德國香腸拼盤，幸虧我及時制止，付了酒錢，還是去吃川菜，辣的舌頭痲痹也無悔，畢竟這是我倆七夕在成都的最後一餐。

愛，嚼一嚼，就回來了

兒子去同學家參加電腦連線趴（Lan Party），臨行囑咐令他操心的兩老要乖乖的，不要又鬥嘴鬧脾氣了，我們沒說話。從什麼時候開始，咱「嫌」伉儷互相生氣的時候，就爭相討好兒子，我絞盡腦汁給他做好吃的、噓寒問暖，他爹地則陪他玩電腦。現在他背著電腦要出門，興奮之餘還是不放心我們。我給他打點在同學家過夜要用的睡袋，叫他「別玩得太晚啊，別吃太多油脂零食哦，明天一早就去同學家接你呀……」，他爹地則去車庫發動引擎準備送他。

時序進入風雨飄搖愁煞人的最深秋，外面是一片濕、冷、灰，出不去。十七、八年前我們還是新手父母時，碰到這種天候，無法帶孩子在外頭玩沙、打混，他們精力旺盛無處發洩，就把家裡搞得天翻地覆、人來瘋、玩具、糖果紙屑滿天飛，讓大人的「自由」更似遙遙無期，每一餐飯都吃得像打仗一樣，每天都累得如精疲力竭的臭狗……。怎麼，轉眼間空蕩蕩的家只剩下我們兩個人？自由竟然垂手可得。

於是開始做兩個人的簡單菜飯，把迷你包心菜用手慢慢剝片，切薑絲、醃牛肉、燙麵條，「刷！刷！」下鍋炒；我聽到他把家中的雜物抽屜倒出來整理，丟掉一大堆沒用的老鑰匙、乾鞋油盒、斷梗的舊雨傘、八百年沒穿的舊鞋子……。

熱騰騰的炒麵上桌，他過來擺筷子、開啤酒，我們唏哩呼嚕地吃著，迷你包心菜片似乎比大棵的更脆嫩，麵條只汆燙了兩分鐘，下油鍋大火拌炒，跟肋眼牛肉薄片一樣Q。他給我看在雜物抽屜底層挖出來的、當年才剛買就弄丟的「玩具小汽車遙控器」，還有我遺失多年的一支皮手套，我邊聽他說，邊放下筷子起身去看那個雜亂了十幾年的抽屜櫃，哇，好個井然有序！如同當年我們把它從IKEA搬回來，剛剛費力組裝好一般的乾淨新穎，當年好像也是開啤酒、吃炒麵慶祝：啟用新傢俱！

當年的自己、當年的我們、當年的感覺……，原來就躲在一層層的迷你包心菜裡、雜亂塵封的舊手套、五斗櫃的夾層裡，剝開、理清，炒一炒、淋點麻油、滴點辣椒，配上冰啤酒，嚼一嚼，就回來了。

拉得弗森林異童話
隨想筆記

有用的人？快樂的人？

去年回臺灣匆匆十二天而已，接近尾聲，胸口滿滿的，說不出的感激！如果把簽書會算進去，總共因《拉得弗森林的藝術家》被採訪了十次，這十天內說的話，大概是我在森林裡十個月的講話分量。跟自己說，要滿足了，帶著這麼多的熱情、熱鬧回憶，回到樹比人多、寧靜的森林，可以回味很久。

記得在教育電臺接受朱玉娟的採訪，聊得非常開心。玉娟問了我一個問題，她說我在文章中談到，德國是個確切實踐「職業無貴賤」的國家，人與人的關係用最簡單的兩個字來形容，就是「平等」。這點，在華人的社會中還是稀奇，普遍而言，高官厚祿、權貴名勢才是讀書、奮鬥、上進的目標。甚至有父母帶著孩子去大街上，指著工地的施工工人或清掃人員說：「你不好好讀書，以後就會跟他們一樣。」

如果連父母給的基礎家庭教育都這麼狗眼看人低，用恐懼和威脅利誘來說服孩子學習，對個人造成的，就是「焦慮」；對社會造成的，就是「戾氣」。她問我：「為什麼德國真的能做到『平等』和『職業無貴賤』？」

回答玉娟的問題，我斟酌思索了一下，也許最基本的關鍵在於，最終價值的取捨。從小學校教育教導我們的大道理，不論是國父、司馬光、還是愛迪生……，以他們成功、成仁的例子激勵我們「要做一個有用的人」。

而我觀察到的，德國人一般追求的人生最終價值是「做一個快樂的人」。德國坊間最多的書籍都是討論「快樂的意義」、「如何更快樂」、「學校是不是該開『快樂學』這門課？」，名嘴、脫口秀也都喜歡往這個題材上發揮，有的講的深刻嚴肅，有的輕鬆搞笑。

什麼叫做「有用」？個人定義不同，一般而言，「有用」通常都注重「便利」與「服務」他人，所以它的致力方向是朝外的，要得到「他人」的認同、購買和推廣，才會有用。無奈銅板兩面，有人認同、推廣、肯定的，就必定也會有人不屑、打擊與複製。

做個快樂的人，它的致力點是朝內的。個人如何高興、開心，只有他自己知道，自己的感覺不需要靠他人的評鑑衡量才算存在。他的學習、工作、活動是自發和自給自足的，他從事的工作可能也會對他人「有用、有利」，可能也會大賣或受到輿論肯定，但是那些都是「快樂」以外的附加價值，有，是錦上添花，沒有，也值得，因為做得快樂就好。

無論是做「有用的人」還是「快樂的人」都沒有錯，甚至可以說，有用的人想必也是快樂的人。只是社會、教育提倡的人生最終價值若總是強調做一個有用的、做大事、成大業的人，必然影響力要大、職位要高、名氣要旺、財力要雄厚……，要達到以上條件，多少得犧牲休息時間、家庭團聚和個人興趣，若能因此造福大多數的人，當然也是值得肯定與推崇的。只可惜人情事故本如此，有用、成名後，權位利益消消長長、爭爭奪奪，永無止盡。一群人的「利」可能是另一群人的「弊」，今天的英雄偶像、明天的狗熊敗將，都是從小立了大志、努力向上的，要做個「有用的人」的好孩子。

德國普遍個人選取的最終價值是做個「快樂的人」。有用固然也很重要，所以學校教育的目的就是「擁有一技之長」，有用的意思就是：能夠自力更生，不成為他人生活的負擔。

康德說宇宙間的正義感（the universal justice）不是倫理道德的教條，它是每個人捫心自問都知道的良心，不是條件、利益的交換。長效的快樂，就是人性打從心裡就知道的：什麼是對的、我該做的，然後義無反顧地去做。

CHAPTER 2

朋友與我

當小草欣遇到了大樹華德

原野、田園「咻！咻！咻！」地從火車窗櫺中幻化倒流，轉車、等車、張望、打盹……，我從普羅旺斯搭了十個多小時的火車，終於在晚上七時十五分抵達了德國克隆火車站。

一身疲倦，加上在南法曬得皮紅髮焦，幸虧暮靄沉沉中誰也看不清我這副邋遢樣。拖著畫具行李走出了火車站，第一眼就看到，如同「拉得弗森林出租車公司」寄給我的確認訂車mail中說的，一位「華德先生」會站在銀色的奧迪旁，舉著「庫恩太太」的牌子等我。

華德先生將我的皮箱置入後車廂，恭敬地開啟前門請我上車。坐前座啊？我心裡想，那可閉不了眼睛、打不成瞌睡了。果不其然，開了沒五百公尺，華德先生的

在法國普羅旺斯的速寫。

話夾子就開了。

「您這趟去法國，是去演唱的嗎？」咦，這司機，知道我唱歌？

「不是，是去旅行跟畫畫的。」

「是的，您唱畫俱佳，這個我很有耳聞。」

「哪裡哪裡！您過獎……」我趕快把披散亂髮重新用髮夾夾緊、打直背脊，被粉絲載到了嗎？那可得維持良好形象。

聊了兩句法國，接著他又問：「您先生下禮拜又得參加賽車了吧？」嘖嘖……，連我家老爺賽車都知道？

「噢……，沒呀，他說今年不再參賽了，再參賽，根本就沒時間留給家人了。」我眼角瞟見他邊開車邊點頭，「再說，今年的賽車季就快結束了吧，十月到翌年的五月賽車道都是關閉的。」

「今年VLN大賽到十月底還有三場呢！」他很篤定，「不過，您說的對，事業加賽車，家庭時間是多少要犧牲的。」

「哇，VLN大賽還有幾場您倒是挺清楚喔。」

「當然，我可是『北環賽車道』的金剛老鳥呢！VLN大賽我連開了二十五年，戰績輝煌，得獎無數。」哇賽！我竟坐在退休賽車手的計程車上，卻見他方向盤掌握穩健、加速及煞車平實舒適。

「那，為什麼停賽了呢？」我問。

「公司經營不順，怎麼能一面解僱員工，一面賽車呢？」

「不好意思，您說的是您的出租車公司？」

「不是的，」他略略停頓，深吸一口氣「『華德玩具公司』您聽過吧？」

「華德玩具」何止聽過？這可是德國有名的大玩具廠家，老華德一世是二戰後的成功創業典型，八○年代末由二世曼菲爾德·華德繼承，曾一度大肆開疆擴土，東歐、亞洲都開了分公司。誰家一至十歲的孩子會沒玩過華德公司出產的塑料玩

Bijoux
ARIE
ARTSADAT
DART

具？我記得我家兒子當年最風靡的Bobby Car和小汽車「停車場」都是華德玩具的出品，女孩子愛玩的各式扮家家酒的廚房、家飾用具，海邊玩沙的塑料桶及勺子、鏟子……等等，華德玩具向來是家長的首選、業界的領先。華德玩具公司的總工廠和總經銷就設在我們拉得弗森林小鎮，跟另外兩家電子業及鑄鋼廠號稱拉得弗森林三大企業。我記得華德廠家為測試他們的「戲水玩具」系列，還特別設有廠內兒童游泳池及人工沙灘，裡頭設施適合幼兒遊戲安全，人工波浪活潑又柔和。孩子小的時候，我經常帶他們去那裡玩水、游泳。每次去，都想，哇～華德玩具好有規模啊！後來他們長大了，開始玩較「貴重」的遊戲機及電腦，華德塑料玩具就漸漸從生活中消失了。一直到三年前在報紙上讀到有關消息——華德跨國企業玩具廠，產業擴張太迅速，入不敷出，積欠數千萬歐元，銀行跳票，宣布破產！免不了嘆口氣，卻也為我的孩子慶幸，至少他們經歷了有華德玩具陪伴的趣味童年。

我睜睜看著身旁這位司機，難道，他就是華德的二世大老闆曼菲爾德．華德？趕快努力從記憶中挖出幾個對華德玩具的肯定讚許字眼，雖然是真心話，但是事前全沒心理準備，竟講得結結巴巴……

实在饿坏了.
跑到厨房去偷
看晚上有什么菜.
Hm... 看起来是黄鱼耶...

MONTÉLIMAR Teil 2

蒙特利瑪

A TAVERNE
Un Jardin

在Place du marché我一个人吃了
超赞的一餐法国菜 le menu l'inste
chez aux Gourmand.
服务员给我端来一碗调色水.
还说, 他是巴黎艺术学院的学生.
现在不画了, 改行做餐饮业

Cindy

只聽他悠悠地說「哎，今日開計程車的我比當年當跨國企業老闆的我其實快樂逍遙得多，雖然房子、車子全叫銀行給沒收了，廠房拍賣，員工叫囂，上千萬歐元的債務我是花三輩子都還不完的。但是想想，其實本來那些東西也就不屬於我，都是銀行貸款，眨眼間七、八位數字裡進進出出的零頭罷了，何等不可思議的壓力啊！」我聽得出神，連頭都忘了點……，聽他繼續說：「我忙得天昏地轉，呼風喚雨，銀行經理對我打躬作揖，貸款、週轉，管他金額多大，一通電話就ＯＫ；加上我還是個身價連城的賽車手，媒體的寵兒，哪有時間留給家人？」這時候高速公路空曠寬敞，他開始顯出賽車手的本性，奧迪性能優越平穩，幾秒鐘功夫就加速到時速兩百以上。

加速中，他繼續說：「根本不知道當年兩個年幼的兒子是怎麼長大的？如今他們正值三十中壯年，卻跟我特疏遠……。哎，也好，他們各自做自己的事業，不用像我當年，繼承大筆家當、承擔企業風險。」邊聽，我邊試想，做破產老爸的兒子是什麼滋味？

「其實上帝對我很仁慈，」他又說：「跟第二任妻子生的小女兒現在才十一歲，我很慶幸能夠重新享受做爸爸的愉快責任，這次我花很多的時間陪伴她成長和學習，這可是當大企業家絕對沒有的奢侈啊！」

我想起我的企業家兼賽車手丈夫，自己的兩個兒子，他說的，我一點都不陌生。安德烈和我曾經爭執不休，又各自妥協退讓。維持平衡很不容易，每一刻都要很清醒、很努力，要有涓涓不息的愛與耐心。哎，說得簡單哪！

他說：「當年的叱吒風雲、不可一世，豪宅、超跑、渡假別墅，像做夢一般，突然間就只剩下社會局配給的狹小公寓，我和二婚的妻子、小女兒搬進去住，出太陽的時候坐在狹隘的陽臺上曬曬，別有一番情調，這可是十年前的我無法想像的。宣布破產三年後又聯絡上以往的同事部下，知道大家都找到了新工作，在新崗位上認真奮鬥、生活，袍澤情誼仍在，讓我的罪惡感消弭了不少，著實很感恩！」

這個人不簡單，一點不怨天尤人，能馬上放下身段，腳踏實地地過日子。我問他：「那您現在就靠開出租車活口養家嗎？」

「現在幫忙幾家小玩具公司做設計顧問，偶爾在出租車公司接送長途客人。嘿，我老闆知道我很挑剔客人的，昨天他打電話給我，說有個很有意思的客人訂車哦，從科隆火車站回拉得弗森林，要我猜猜是誰？別人他可都沒先問喔，我要的話就把這個客人留給我去載。」

「……是我啊？」實在受寵若驚，羞愧不安。

「別老說我，庫恩太太，談談您吧！想想，若不是開出租車，又正巧碰到您遠行回家，哪有可能認識您呢？」

談我？講什麼呢？我好像小草一株仰望倒塌身旁的大樹，曾羨它參天茁壯，曾看它內被蟻蝕、外遭雷劈，連根拔起、枯朽倒置、風雪日曬，年復一年……，漸漸地，又從朽木中吐出新芽。新芽伸展到小草身旁，跟小草說：「別老說我，談談妳吧！」

小草說不出一句話來，只想著，回家得好好地，給放我畫畫假期的老公兒子們加餐食、溫柔伺候……

天堂聖誕屋

九月中的時候，我們公司加工部門的麥克很緊急地托人聯絡我，說因為看不懂中文，想麻煩我件急事。

五、六年前公司曾為了籌劃聖誕晚會，臨時組織了一個員工合唱團，請我去帶唱歌，用中午午休時間練習。那時，一身藍領連身工作褲、肌肉呼之欲出的麥克也來唱歌，才知道機械叢林裡竟藏著這麼一朵奇葩。麥克跟我說，唸高職的時候，曾去參加過「明日之星」徵秀大賽，得過大獎。現在雖然步入中年，頭髮鬍渣灰白，還是看得出來，當時一定是那種叫女生尖叫昏倒的帥哥偶像型。那年聖誕節過後，麥克曾問我能不能給他上私人聲樂課，可惜後來事情一多，就不了了之。

我約了麥克在我的畫室見面，幾年不見，他生疏客氣了起來，以前直叫我

Cindy，現在靦腆，叫我庫恩太太，說很不好意思麻煩我。他用手機打開幾個網站給我看，都是中文的淘寶網頁，賣的是大型充氣活動式聖誕燈飾。他說，兩年前他出了一次車禍，昏迷了幾天，昏迷中看到天堂一片旋轉木馬叮叮噹、到處金碧輝煌、閃耀晶瑩，他正看得如癡如醉，天使喊他名字，說輪他上臺了，把麥克風交給他，他就使出看家本領，高唱哈利路亞，評審天使全給他十分滿分。後來，他就醒了，在醫院裡，床邊圍滿了著急的家人。他跟他老婆說：「沒事兒，等我好了，我要在聖誕四旬節（聖誕節前的四個禮拜）前把家裡那個破屋子妝點得跟天堂一樣！」

可惜，德國聖誕裝飾品雖多，但向來喜歡取材於自然，用的都是松枝、乾果、木頭、毛線、蠟燭、彩繪玻璃……等，以達到「平安夜、聖善夜」的靜謐氣氛；一般大賣場賣的那些made in China的塑料卡哇伊、會眨眼、敲鼓、扭屁股、閃爍、插電的聖誕樹、老人、雪橇燈飾，德國都不流行，也買不到。可是麥克既然立了誓，就非達到高標準不可。畢竟，「外來的和尚會念經」，對麥克而言，中國來的廉價聖誕燈飾才有看頭，德國式的裝飾品真是無聊又貴死了！他去年先在少數能轉成英文的網站買了幾個閃燈雪人，今年胃口更大了，硬要中國來的大型麋鹿雪橇，但是找

到的網站都是中文，煩惱躊躇之際，想到：也許能找老闆娘幫幫忙。

兩天前收到他的邀請短訊，說托我的福，活動燈飾都運來了，上週和大兒子花了三天的工夫，屋樑爬上爬下地忙——充氣、固定、接延長電線、轉換電壓插頭，終於趕在四旬節的第一旬週日就緒開展。自此每天晚上六點以後，他提供遠道而來的客人免費香料燒酒，估計燈迷不只來自森林小鎮，科隆、埃森、杜塞道夫……等城裡人也會慕名而來，電視台WDR3也要來採訪。

對了，電視臺來採訪的時候，Cindy……呃……庫恩太太，妳……您願意來跟我合唱一曲〈白色聖誕〉嗎？

十七歲身材壯碩的尼爾斯利用假期來我們公司打工。他在出貨區將一個個不鏽鋼管件疊到木板上，裝箱，密封。我經過打包區的時候，多瞟了這年輕小伙子兩眼。他對我露出白皙整齊的牙齒點頭打招呼。真是帥哥一枚！我想。

尼爾斯的媽媽多年前上過我的課，好幾個月前特別打電話來問我，能不能安排她家十七歲十一年級的兒子來我們公司打工。他在學校體育好，別的不行，但力氣很夠，應該能派點粗活給他幹幹。

我問出貨部門的領班，尼爾斯做得還好吧？人畢竟是我介紹的，總該關心一下。

「叫他做什麼，挺聽話的。」領班放低聲音跟我說：「但是人欠機靈，反應慢，看個出貨單、照單點貨的速度尤其慢，我還不如自己來得快。」他搖搖頭。

我過去拍拍尼爾斯的肩膀，叫他好好學，幸虧假期很快就過了，不用把這位中看卻不太中用的大男孩留下來。尼爾斯再次感謝我給他這個打工的機會，還說他媽媽要他代轉問候。

「喔，對了，」我對尼爾斯說：「我家正在應徵小褓母。你有沒有什麼好同學——乖巧懂事又能幹的女同學，給我介紹一下吧。」

尼爾斯跟我用力地點點頭，說：「嗯，我幫您問問看。」

麗莎說她十七歲，高二，天哪！我還以為她十歲，四年級。我估計她一百五十公分高，最多三十公斤重？腦袋後面甩個大馬尾，純真的大眼睛配上稚氣的笑容，若不是知道她已經十七了，還真想摸摸她的頭，捏捏紅臉蛋，塞個糖果給她。

她說她現在正在報考駕照，每個禮拜晚上一、三、五得去上道路交通理論課，但是剩下的時間都可以來我家做小褓母。

她講話的時候眉飛色舞的，好像小學生在朗讀自己的作文〈我的志願〉：考駕照、做褓母。

是的，她說，明年高中畢業後想考特殊教育專科，立志以後要在啟智或殘障學校當老師。我覺得這種志願實在是不同凡響！我在小鎮中學兼任中文課，據我觀察校內自恃頗高的小姑娘們，是看多了日本manga還是模倣Lady Gaga？走起路來故意有點內八，微啟塗了黑色唇線的嘴巴，不是犯嗲就是耍酷。不論身材高矮胖瘦，一律穿崁進肉裡的緊身褲腳，眨著粉亮的長睫毛，眼神游移地撥弄著毛絨絨鑰匙鏈圈，連上課都在偷擦指甲油。長大了志願是什麼長大了再說，現在享受當下最重要。幾十年前我不也是如此？又怎麼能說他們錯呢？

我想，麗莎人小志氣高，個性又好，留下來應付我家的兩隻調皮兒子應該很理想。尼爾斯的建議人選真不賴！

麗莎自此每個禮拜固定來我家陪小朋友玩一次，有時週末我們應酬外出，她也來。如果我們晚歸，我就得摸著漆黑的森林路，開車送她回家。麗莎考駕照一波三折，道路主考官每每調侃地問她：「小朋友等不及要開車啦？」她一緊張，努力故作成熟狀，反而犯錯連連，被罵被叨念，一下扣分太多，又沒考過。

有一天麗莎來，把我們都嚇了一大跳，矮小瘦弱的她忽然變得豐滿。原本平坦的胸部，怎麼一下子長了兩個大肉蛋？超不配的。沒人敢問，就連我家的調皮小男生都傻了眼，把我拉到一邊，「媽媽，麗莎她怎麼一下子變那麼胖？」

我想麗莎自己也挺彆扭的，駝了個背，猛拉她拱起的上衣。一向對我家小淘氣很有辦法的她，那天很明顯地被騎到頭上了。我近午夜回家的時候，一整個飯廳、客廳亂的像核子試爆場。麗莎一副筋疲力竭的樣子說，兒子大概十分鐘前才睡著。

送她回家的路上她跟我請假，說下禮拜全班要去北海畢業旅行一週，所以不克來照顧兒子，實在很抱歉。

我說沒關係的，畢業旅行北海一週啊？真好命呦！好好玩哼。

哦不，她說，為了我家寶貝蛋，本來考慮不去的。

那怎麼行？我說，我家寶貝蛋我會另外想辦法的，怎麼能不參加畢業旅行呢？

因為……因為不喜歡海灘，不喜歡穿泳衣。

我先怔了一下，然後想起她之前幾乎未發育的小孩兒身材，躋身在海灘上揮灑青春、打情罵俏的少男少女間，嗯……我大概懂了，是為此才掛上了兩只"XLL"的肉蛋嗎？我沒敢問，只默默地點點頭。

畢業旅行，北海一週！同學們早就興奮得沒心情上課，女孩兒們湊在一起網上訂購比基尼、遮陽草帽、沙灘涼鞋。零用錢比較夠用的甚至相約去做人工日曬，非得把皮膚曬成均勻的小麥色不可，到時候拍起沙灘照來才夠性感。可是麗莎很緊張，置身於青春荷爾蒙澎湃盪漾的同學間，該怎麼辦？

麗莎的媽媽其實早就在擔心了，怎麼都十七了，還這麼矮小？初潮也沒一點動靜？去看過醫生，醫生們總說：「耐心再等等。」三個禮拜前，麗莎下腹疼痛，千呼萬喚不來的ＭＣ終於登場了，但是不到一天就退潮了。連衛生棉都來不及買，就沒了，一切就像沒發生過似的。

這回醫生做了詳細的檢查，結論是：染色體病變。這是在受精卵形成時就已注定的命運，其他有類似病變的胎兒不是在懷孕期就被淘汰，就是生下來也熬不過嬰幼兒期。麗莎已算是奇葩了，健康地長到十七歲，個性溫和、成績優異。只是她不會擁有任何女性的第二性徵，她的身體已跳過一般女人長達半生的生育期，正在步入更年期，如果不靠注射女性荷爾蒙，只怕會持續老化，後果不堪設想。

接下來醫生安排麗莎接受荷爾蒙治療，去整形外科做出人工的女性曲線。但是少了腦下垂體的介入，荷爾蒙這東西靠儀器估算抓得準嗎？乳房、腰肢該幾寸才適合一個長不高的女孩？最關鍵的問題是，少了女性激素的身體，還是有少女懷春的浪漫情懷嗎？

這些都是後話。重點是，既然決定要去畢業旅行，第一先去整形外科整掉小女孩的平板身材，第二就是買比基尼。這一切還該歸功尼爾斯。

尼爾斯幫老師收回條的時候，發現麗莎圈選了「不參加」，很是著急。

尼爾斯從小就有「閱讀障礙」症，認字拼字奇慢無比，即使好不容易念完了一篇短文，也是念了後面，就忘了前面，不過大概是傻人有傻福，人人都喜歡逗他，他隨和、熱心，模樣又長得俊。憑著高大好看，足球踢得好，喜歡他的女孩也不少。那些刷了睫毛膏、塗了彩繪指甲的女孩總喜歡半戲弄地問他，找女朋友的標準是什麼？漂亮？性感？

他認真地回答：聰明，善良！大夥兒「轟」一下地笑他，「嘿，還跟真的一樣哩！」

尼爾斯的父親在搬家公司上班，做兒子的假日偶爾也跟著老爸去幫忙。父親跟搬家公司的老闆有點交情，就盼尼爾斯趕緊畢了業，也到搬家公司掙錢去。但是老闆說，他只雇用有卡車駕照的。所以父親就等不及地送兒子去駕訓班上課。

上課不是問題，問題是考試，厚厚的一本交通規則課本，配上上百份的模擬試題，真是要了尼爾斯的命。他看得頭昏腦脹也沒辦法，只能胡亂圈選一通，模擬試題發回來又是幾乎零鴨蛋。被老爸罵了一萬個「不中用」，自己也知道，這麼大個人了，總不能一輩子靠父母接送，帥哥連個車都不會開，算哪門子的帥哥？直到尼爾斯碰到了麗莎，事情終於有了轉機。

上同一家駕訓班，下了課又一起等公車回家，一個一八七公分，一個一五二，小不點和巨無霸倒是聊得很投機。從什麼時候開始，麗莎耐心地把模擬試題一題題地唸給尼爾斯聽，一再又一再地重復，直到尼爾斯幾乎完全會自己默念為止。慢慢地，尼爾斯模擬考試的成績漸入佳境。模擬考試成績進步，下了課尼爾斯就請麗莎吃冰淇淋。

趁週末麗莎也撥時間去看尼爾斯的足球賽。尼爾斯是隊裡的守門金剛，他不精

麗莎和尼爾斯。

通攻守戰略，就知道死心塌地守緊球門，就算把自己給摔壞了也不讓對方進球，跌得鼻青臉腫卻贏得啦啦隊無數的歡呼尖叫。賽完球大家起哄和辣妹一族一塊兒party去，麗莎站在群眾外緣，笑咪咪地走過來恭喜他，把小拳頭抬高了K在他的肚子上，說他好棒，又遞給他一個OK繃，叫他把額頭上的擦傷貼起來。他也彎下身給她一個貼面擁抱，大手一捏輕易地就把她舉了起來，汗水沾得她一身。「你們好好玩，Party我不去了」，她說。望著她瘦小的身影，後腦勺甩個大馬尾地離開，尼爾斯感到從所未有的失落。

尼爾斯跟麗莎說：「妳不去北海一週，我也不去了。他們去旅行的那一個禮拜，我天天來跟妳練交通安全模擬試題好了。」

「你少跟我開玩笑了，」麗莎說：「你要是不去北海一週，你的足球死黨、凱薩林還有琳妲她們大概也都全要為你留下來了，到時候跟她們混的時間都不夠了，還練什麼模擬試題？」

「麗莎，說真的，一起去嘛！我保證妳一定會玩得很開心的。」

麗莎斜眼瞪他，心裡是又開心、又擔心……

尼爾斯又說：「下禮拜我打算去城裡買沙灘褲，怎麼樣？妳一起來？」

我一起來？買泳衣嗎？麗莎急需兩個大奶奶！沒奶買什麼比基尼？少了女性激素的身體，原來還是少不了少女懷春的心。麗莎不確定尼爾斯把她當成交通安全家教妹妹，還是同齡的大女孩？幾乎在同時，麗莎得知醫院的檢查報告：長大變成女人、結婚生子的願望像日光下無聲消失的泡沫，永遠也不會成真，該怪誰？是爸媽把我生錯了？我為什麼不像其他同病相憐的胚胎們，早在意識形成之前就自我解決掉？為什麼讓我長大？為什麼讓我喜歡上尼爾斯？

兩年半前我兒子說他們長大了，「媽媽不用找人來陪我們玩、餵我們吃飯、幫我們洗澡換衣服、蓋被子還有唸床邊故事了，妳放心地去上課、應酬吧！我們會自己照顧自己的」。

唷呼！終於可以省下一筆保姆費用，而麗莎也高中畢業，離開森林小鎮去城裡唸她的特殊教育專科。她跟我們告別的時候像吹氣球一樣的胖，荷爾蒙治療後大概又勉強長高了兩公分。胖是因為內分泌失調？更年期？還是貪吃少運動？總之，當年那個小不點麗莎是不復存在了。但是純真的笑容和腦後的大馬尾依舊如昔。

兩天前在蔬果攤碰到尼爾斯的媽媽。她好得意地跟我說，老公和人合伙自己當老闆，開了一家搬家公司，兒子也在自家公司幫忙，老媽做會計，幫忙接洽客戶。說著她打開皮包，遞給我自家公司的名片：「有需要的話請多多關照」。我瞥見皮包夾層裡有一張相片，問她相片裡的是兒子尼爾斯嗎？

她把相片掏出來給我看，是尼爾斯和麗莎！麗莎瘦了些，不再氣球般胖了，只是那兩粒奶還是嫌太大（我暗想）！尼爾斯把她整個橫抱在胸前，背景是巴黎鐵塔。做媽的說，這是尼爾斯的高中女同學——麗莎，兩個人從考駕照的時候就要好。麗莎人比他兒子聰明多了，已經念完專科正在啟智學校實習，估計明年能拿到特殊教育老師執照。

她還說，唉，現在年輕人就忙著工作賺錢，我倒希望他們什麼時候生個胖娃兒孫給我玩玩。

胖娃兒該怎麼生？難道準婆婆還不知道麗莎的事？我只能誠心祝福他們！

來，使我快樂！

複雜的電路。

說明書作業員克里斯多夫似乎有點憂鬱，不太愛說話，他動的腦筋總是：電源接板、方程式和指令的說明。

他的工作是，把極其複雜的電源裝置、安裝步驟、額外配製……等，以平面圖加以符號，用最精簡的文字說明清楚，以便電工技師按部就班地安裝。寫的雖不是什麼小說詩詞，他的作品總是被翻譯成世界上三十多種文字。海內外的五星級酒店、會議大廳、摩登室內裝潢都爭先搶購德國「奇拉電機」的前衛插座。三十多個國家的電工技師都得看懂他著作的安裝說明書。一旦公司的研發部門有什麼前瞻性的推出：功能越來越多，相容性越來越複雜，克里斯多夫就又有活幹了。

克里斯多夫的文章作品常常看起來是這樣的：

警告：輔助＊q&r電源極性反接，切斷#XY電源

注意：單聯按鍵面板與※⊙☆*連接，指令AΩ，AΣ

總之，看了半天，還是不懂他要警告什麼，注意什麼。至於說對於文字得心應手的運用嘛，這太深奧了，外行人實在不會欣賞。

克里斯多夫離開遙遠的東德家鄉，來到我們森林小鎮的世界級企業工作。他目前沒有女伴，聽說在老家有過一段不太順利的感情，到底發生了什麼，我們並不太清楚。他獨來獨往，也相信自己喜歡獨來獨往的生活。偶爾被同事拖去參加派對，他就安靜沉默地在一旁角落喝啤酒，叫他來跳跳舞，打打屁，他只是微笑揮揮手。久而久之，同事就識相不再找他了。唯一每天對他耐心誠懇說話的女性，就是車上

一頭霧水的安裝技師。

自動導航系統的女聲。從單身公寓開車到公司十分鐘的路程，自然不需要導航系統。但聽聽她的聲音挺好的，克里斯多夫下了班最經常的消遣，就是從地圖上找出並輸入個不知名的城市鄉鎮，讓導航女伴以簡潔明瞭的字句帶他去。導航女伴永遠心平氣和、不疾不徐地說話，當她說：「請在三百米後的路口左轉。」時，克里斯多夫有時也刻意調皮，偏偏不照她的話做，導航女伴既不會生氣，也不會嘟嘴巴，只是依然平靜地說：「可能的話，請迴轉。」

有一回在路上想起來，有事情必須打電話回公司跟同事交代，電話接通了竟是個新的總機女聲。聲音一樣的不疾不徐，酷似導航女伴。女聲說：「日安，這裡是奇拉電機公司，您好！請您直撥分機號碼。若需要銷售部服務請按X，需要技術部請按Y……」講完了德文講英文。克里斯多夫聽得出了神，幾乎忘了繼續輸入分機號碼，也忘了到底要跟同事交代什麼。這聲音，是誰呀？是總機傳達室新來的女職員嗎？

克莉絲汀是公司最近新聘的總機小姐。她總是微笑滿面地，坐在公司大門進門口的櫃臺後。櫃臺旁的候客室也被她打點地煥然一新，不但每天有鮮花，還從喇叭內流瀉出輕柔的古典音樂，使得來「奇拉電機」拜訪的客戶和同業都頓時氣質起來了。克里斯多夫來總機櫃臺收發傳真的時候，左思右想，擠出了兩句「非說明書式」的聊天話：「妳的電話德文很標準，速度適中！」

克莉絲汀燦爛地一笑：「謝謝您！英文也標準嗎？」

「嗯，德文發音標準，速度剛好。」克里斯多夫頓了頓，又說：「英文有強烈的德國口音，但是文法也標準。」

克里斯多夫是實事求是的德國工程人員，好就好，不好就不好，不會隨便諂媚奉承。

克莉絲汀覺得這個同事挺可愛的。

看他盯著手中的傳真皺著眉頭，就問：「怎麼了，又找麻煩了？」

「嗯，研發部門對新的電源裝置又做了更改。看樣子兩天前才寫完的安裝使用說明書又得重來了。」講完了克里斯多夫仍有點捨不得走，看看天花板，看看皮鞋，說：「妳在候客室的選樂很特別。這會兒在播放的是什麼？」

「喔，這是舒伯特的降B大調奏鳴曲。真高興您也喜歡。」

舒伯特？降B大調？克里斯多夫從此除了聽導航女伴的聲音外，也開始認真聽舒伯特。

聽著聽著，寫出來的句子似乎就比較人性化了，把以往簡短僵硬的「注意」、「警告」做了修正。

比如說：

奇拉工作小組給您小小的忠告：輔助＊ｑ＆ｒ的電源具有極性，反接的時候要小心！記得先切斷#ＸＹ電源或者：

提醒您注意！當您將單聯按鍵面板與※⊙☆*連接的時候，別忘了要先輸入指令

AΩ，AΣ

可惜的是，那些硬梆梆的技工、安裝人員看得一頭霧水，一面安裝一面罵：

「什麼跟什麼嘛？一大堆廢話！」

克里斯多夫參加了幾次公司辦的郊遊。在森林裡走了一大圈之後，大夥兒提議一塊兒去喝咖啡、吃鬆餅。吃吃喝喝一陣子後，同事們這裡一撮那裡一團地聊了起來。克里斯多夫向來只是聽，不太插話。一會兒，克里斯多夫發現自己一人拼疊著啤酒厚紙杯墊，愛聊天的同事全都搬到別桌去了。他把厚紙杯墊豎直傾斜，左片搭著右片，搭了一長排，再往上搭一層，一層又一層，非常地小心，讓每一片杯墊的受力均衡，才不會垮下來。一面專心致志地拼疊厚紙杯墊，一面像聆聽爵士樂般，有一句沒一句地聽著從後面那桌傳來的，女同事相互交換烤蛋糕及點心食譜的對話。可能是專業制

約使然，任何的指令、說明、闡述，一旦簡潔、清楚、明瞭，克里斯多夫就感到神清氣爽、全身毛孔通暢；反之，碰到那種越說越複雜，剪不斷理還亂式的陳述，克里斯多夫就不自覺地精神恍惚，像花粉過敏似的，鼻子喉嚨耳朵都癢。

一位女同事正在分享她的檸檬蛋塔食譜，她說的那麼清晰好聽，奶油為之緩緩溶化，檸檬皮屑似乎就在眼前散發陣陣清香。克里斯多夫頭都不用回，把厚紙杯墊穩穩地疊成了完美的金字塔，他知道這是克莉絲汀的聲音。

現在除了研究地圖，找出下一個開車出遊的目標，聽舒伯特鋼琴曲（克里斯多夫暗自給了舒伯特下了一個評語：清醒），他發現自己特別喜歡在總機室旁的傳真機和資料檔案架周圍逗留。只要聽到克莉絲汀對公司訪客做出清楚且和藹的指示，還有她電話對答的從容流利，就感覺腦中繁瑣的雜音都沉澱了，一股清新逐漸浮現。天天這麼逗留個十分鐘，就能達到舒伯特般的清醒境界，寫安裝使用說明書的時候，不但簡潔明瞭，而且親切順暢，三十幾個國外的說明書翻譯員，翻譯起他的作品，則感覺如沐春風，即使內容是枯燥複雜的電源插座解說，也好比是翻譯赫曼．赫塞的《流浪者之歌》一般。

下午，克里斯多夫從辦公室的窗口看到克莉絲汀換下了上班時的套裝，改穿一身皮衣皮褲皮靴，戴上頭盔，和另外三位騎士（頭盔和一身皮裝讓人認不出騎士的性別）一塊兒大聲踩了兩下油門，騎了重型機車消逝在坡路的彼方。克里斯多夫有一種說不出的感覺……悵惘？他從來沒有寫過這種句子，也不記得是從哪兒聽來的，但是這句子執拗地浮現在腦海裡，配合著鋼琴聲，一再一再的：Komm beglücke mich! Komm beglücke mich!（來，使我快樂！）

他把東西理理，也打卡下班。今天不想聽導航女伴不喜不怒的聲音，只是一心想要想起來Komm beglücke mich！（來，使我快樂！）到底從何而來，為何這三個字老縈繞在腦海裡。「不快樂」，或者說，也「不不快樂」早已成為他這許多年來僅僅抓住的擁有。簡潔的說明書作業讓混亂的情緒無聲息地銷聲匿跡，到最後，就是沒有，不問自己快樂或不快樂，想改變什麼。偶爾把自己想像成電影Unforgiven裡的Klint Eastwood，有那種「獨行，不必相送」的瀟灑。也很好，不是嗎？

漫無目的地就開到了大湖區，停了車下來步行。傍晚的湖岸森林逐漸沉寂，遛狗和跑步的人跡早已散去。昏暗中七彩蘑菇和枯枝爛樹皮都一樣模糊，就連腳步都模糊了起來。唯一清晰的是若即若離的鳥鳴。這是……什麼鳥？空靈輾轉，一聲又一聲，像在傾訴什麼。

啊，是夜鶯！我怎麼會辨識夜鶯的啼轉？因為……因為這正是舒伯特的小夜曲。舒伯特並沒有用音樂虛構情景，只是用和絃描述了實際，夜鶯的傾訴完全就是小夜曲的前奏、間奏和尾聲。克里斯多夫想起來了，這是他的〈舒伯特鋼琴曲集〉兩張CD中唯一附帶的一首演唱曲。他從沒認真地去聽過，因為他向來對歌詞沒有興趣，更何況是浪漫主義時期詩詞譜的曲。他踏著模糊的步伐，心中的歌詞卻一句句清楚起來：

沉靜地，我的歌透過夜色向你傾訴，
月光中樹梢輕言低語、沙沙作響，
聽到夜鶯的呼喚了嗎？牠是在向你傾訴。
牠瞭解胸中的思念是什麼，也認識愛情的痛，用銀色的聲調感動了每一顆柔軟的心。

期待你的心也震動，

來，使我快樂！來，使我快樂！

（詩人：Ludwig Rellstab 1799-1860）

這句子，竟然如此的非說明書式：這麼多的形容詞、明喻暗喻！不可思議，克里斯多夫邊聽著林中夜鶯，邊想，我居然記得每一字句！

他決定把這首曲子拷貝下來，明天送給克莉絲汀。

Cindy在演唱會上「舒伯特小夜曲」的現場錄影。

夜鷺。

上善若水的憂鬱

我去精神療養院看露卡。露卡好久沒來合唱團唱歌了。

我知道她病，是因為一年前有一天她忽然寫短訊來問我，說最近興起練中國書法的念頭，但是該寫什麼呢？三十年前她曾在布加勒斯特的大學裡輔修中文，練過很多字，後來都忘了，只記得個「水」字。我想了想，就回她，既然還記得「水」，就寫寫「上善若水」四個字吧。水利萬物而不爭，灑脫，多好！

她真的寫了好多次「上善若水」，還說找到相關資料，極度受用，跟我分享，像「做人如水，你高，我便退去；你低，我便湧來；你動，我便隨行；你靜，我便長守」。

後來，她就經常發文字訊息給我，說抱歉又不能來練唱了。有一次跟她約好了，在城裏一起喝個咖啡，臨時她又取消，說狀況不穩定，抱歉來不了。

這次到底是怎麼被送進療養院的，她完全記不得，這個世界太混亂，干擾太強烈，她已經完全失去分別輕重緩急的能力。

我們在療養院的花園散步，最後坐在陽光下的木椅子上聊天。她好幾次眼中噙淚，然後又失笑，講了半天，其實還是不明白究竟糾結她心中的是什麼，是某個人，某件事，還是整個日月星辰？

前前後後呆了一個半鐘頭，等到醫生來問診的時候我才告辭。她千謝萬謝，又說無盡抱歉，占據了我那麼多的時間。

開車回家的路上我努力整理出一個頭緒，她的言語游移不定，說東點西不著重點，真像是黑夜暴雨中迷途深山的無助孩子，我本以為可以說幾句鼓勵打氣的話，就像在黑霧中遞給她一個手電筒或一件夾克一樣，誰知道，迷途是一種症狀，也會傳染。她說：「Cindy，我感覺妳的皮膚跟我一樣薄而敏感喔，什麼驚動起伏都會被妳吸收，妳是水，一找到孔隙妳就會注入深邃蜿蜒的溝渠。」

她說，最大的希望就是能天天唱歌，合唱團本來是個完美的窩巢，讓她既有歸屬感，可以大聲享受唱歌，又能取得屏障，使她單薄的皮膚不至於暴露於外。只可惜，從家到合唱團的路上、從這次到下次的練唱中間，有這麼多的阻撓和陷阱，最後就是一次次的來不了。

「什麼時候才能免除掛念？不再擔心別人是怎麼想的？不再有恐懼和罪惡感啊？那一天若來臨，就真的自由了。」露卡問我。

我忽然想起，另一位朋友的話，「我這麼教我的孩子，」她說：「這一生就是要找到一件事，讓你發了瘋非去做不可，就對了。」但是什麼叫做發了瘋地去做呢？我不禁想，經常就是得摒除眾議，包括父母的忠告，家人朋友的反對……，一意孤行、破釜沉舟，這可是會傷人、教人失望的。露卡說，我不是沒有做事的夢想和幹勁，但是沒有傷人的勇氣。到最後，我不知道我的志向目標比較重要，還是維持家人和諧、符合他們的期望才是前提。

回想，是啊，我這輩子傷了多少次父母的心，當年執意要來德國；傷了最疼我的外公的心，居然要嫁給外國人；辜負了朋友的看好，沒創大事業，就在小鎮煮飯洗衣帶孩子……

露卡說，做決定就是取捨，免不了會傷到某些人，這可是需要長厚繭的皮膚呢！妳的我的單薄皮膚都不行的。其實能長厚繭也是一種美德啊！他們不是水，也不是河道、泥土或石頭，他們是那些下決定淹沒城鎮、良田，建水壩、開發水利工程的決策專家。我不行，露卡說，我的治療師要我放輕鬆，慢慢練習，我需要好幾世的時間磨練厚皮吧。但是放下、輕鬆，哼，說得容易喔！

回到家又收到她的簡訊，一再謝我來探望她。我想了想，回她：

「別謝我，別良心不安。單單感覺心在跳，就是顆良心，善良的心，上善若水吧！」

碧姬

碧姬第一次偷情十四歲。

我聽說的時候，暗暗倒抽一口氣，但是沒讓她覺察出來。隨即安撫自己：沒什麼了不起的，要是我十四歲就住在德國的話，我……

我十四歲的時候自認青春慘澹，那年寒假在家看了兩本「閒書」，一本是莎士比亞的《羅密歐與茱麗葉》，一本是高陽寫的《金履鞋》。看完了，更感生不逢辰。人家茱麗葉認識羅密歐的時候也才十四歲，羅密歐在陽臺上詠嘆的愛人，就是區區十四歲的茱麗葉；《金履鞋》寫的是李後主和小周后的亂倫愛情故事，豔詞〈菩薩蠻〉中小周后「剷襪步香階，手提金履鞋」和姐夫幽會一情景，也正芳齡十四。

碧姬那時和十五歲的法蘭克一起在體操社練體操，練完了教練要他二人收拾體操墊和器材。在收放墊子的陰暗儲藏室內，碧姬，不是法蘭克，跳上一堆堆的墊子，把正在掛呼啦圈的法蘭克拉到墊子上來，撥順他額前濕漉漉的瀏海，吻他。法蘭克說：「等……等一下……」趕緊卸下他的活動牙套，繼續把嘴朝著碧姬嘟高高，碧姬忍不住大笑。其實十五歲的大男孩別看他長得高，那方面的事兒，還是女孩子動得腦筋多點。

然後他們一前一後騎車回家。

碧姬在橋頭忽然停下來，「今晚我去找你。」她說。

「今晚……嗯，可以，我爸媽去赴宴，預計要明天清晨才回來，但是，我大姐答應爸媽回家來陪我念書，煩死了（翻白眼），誰要她來當保姆了？所以……」

「沒關係，」碧姬拉下紮馬尾的髮圈，像洗髮精廣告裡的金髮美女一樣甩甩頭髮，硬擠出點像二十四歲的女人味，「我晚點去，你記得睡覺前把你房間窗戶微開個縫。」

當晚，她將鬧鐘調到午夜，鬧鐘一響，趁著夜深人靜，偷溜出家門，牽了車，飛奔騎過森林羊腸小徑，到了法蘭克家，躡手躡腳地推開柵欄，摸到後院，敲敲法蘭克房間的窗戶。法蘭克從床上跳起來，把窗戶大大打開，兩個人都是練體操的，一踹一蹬就把碧姬弄進了房，鑽進了床。

碧姬說，那是個八月晴朗的夜晚，原野上盡是一捆捆新割下來的牧草，蟲聲唧唧。

十幾年後，年少的初戀和偷嚐禁果早就成了過去式，碧姬輾轉聽聞法蘭克後來去科隆念大學，在宿舍裡自殺。

碧姬每年聞到新割牧草的味道，就想起那夜兩個熱血沸騰的少年人，和著蟲聲，在被窩裡的激情。沒人跟她說法蘭克後來為什麼輕生，但是碧姬說她理解，活到高峰就該死。可惜她一直沒這股勇氣。

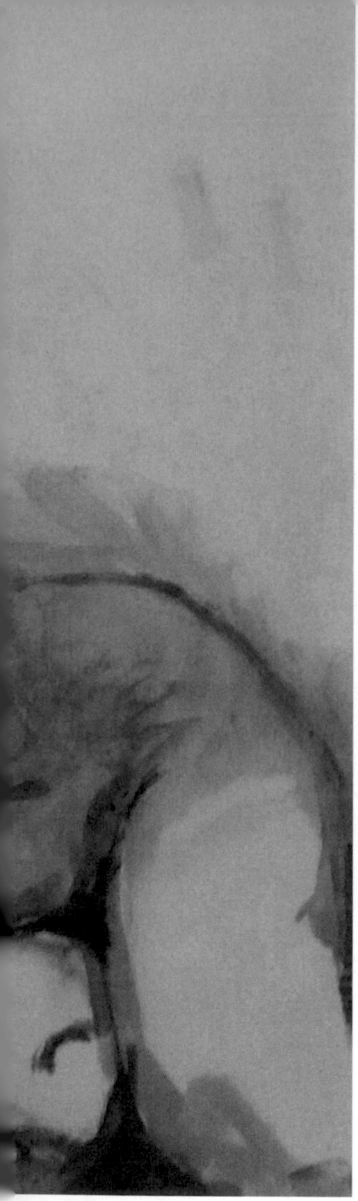

多情又憂鬱的碧姬。

嚴格地說，碧姬其實並不是最美的，仔細挑剔的話，嗯，雀斑太多、鼻頭中央往上翹，並且有個天生的小凹陷，像是酒窩不小心長在鼻尖上，好似第三隻眼睛，隨時衝著世界張望，充滿了好奇和疑問。對我們小鎮而言，碧姬的才藝和美貌即使談不上「傾國傾城」，卻也起碼「傾森林傾小鎮」了！

第一次見到碧姬是在婦產科的候診室，我挺著七個月的大肚子翻著雜誌，等著護士叫我的名字。候診室內人不多，除了我，當天只有另一位大腹便便的孕婦，看起來年紀跟我相當，肚子卻比我的還大。兩個大肚婆互瞄了兩眼，不知是哪兒冒出的直率勇氣，我問她：「恕我冒昧，妳不會就是碧姬吧？」

我聽人說起碧姬好多次了，那時我初來乍到森林小鎮，跟人閒聊，他們都說：「妳該跟碧姬認識認識，妳們倆該會談得來的。」

即使挺著大肚子，吉他都不知道該怎麼抱，我倆還是約好了一起唱歌。才唱了一次，講好了回去把幾首歌配上和聲，下回再合，還沒來得及，她就生了。是個女娃，取名叫花兒。

花兒也是偷情攢下的種子。是第幾次偷情，記不清楚了。

碧姬那時和她樂團鼓手馬迪亞斯要好，他們同居了兩、三年。

是的，同居，但是碧姬說，那可是認真的。九〇年代初期，沒有德國年輕人談結婚這等俗事兒的。我記得當年剛結婚，被女朋友拉去參加他們醫學院的派對，震耳欲聾的音樂間，有個實習醫師跟我聊了幾句，我順口提到了我先生。他糾正我：「妳說的是妳男友吧？」

「不，我是說我先生。」

「天啊！」他大聲驚呼：「什麼時代了？你這個什麼古人還在結婚吶？」

過了沒多久，我的醫科女友和她男友辦了個「非婚禮」，請了大票朋友來趴踢，邀請卡上明擺著印著："You are invited to a we're-not-going-to-marry party."（邀請你來喝「我們不結婚喜酒」）

馬迪亞斯比碧姬大了將近十歲，像個兄長般地疼她，除了在樂團打鼓，還在錄音室當音效工程師。碧姬一面上大學，一面當個幸福的小主婦。才二十一、二歲，卻覺得和馬迪亞斯的感情像是老夫老妻，人生難不成就該這麼過下去？一次在不知名的小酒館看馬迪亞斯登臺，觀眾席裡坐了個義大利攝影師叫喬治，他衝著碧姬猛照，獻足了殷勤，還邀碧姬去看他的攝影展，大談他的攝影和美學理念。他的舉手投足間，多了分南歐人的帥氣和不拘小節，少了分德國人的規矩和死心眼，碧姬完全為他傾倒！這樣，一而再再而三，他們開始背著馬迪亞斯偷情。這段三角關係弄得她自己心神不寧，大學的功課也沒在意，幾次考試缺席，接到了退學通知，馬迪亞斯這才得知女友早已有了外遇，傷心欲絕，卻還是痴心地守候。而喬治忽然沒了音訊，雜誌社的同事說他回義大利去了，碧姬吵著要去義大利找他，才發現這整段時間都沒搞清他家鄉究竟何在。碧姬學業荒廢，感情混亂，精神不濟，言語顛倒，直到家人驚覺，送她去看醫生。醫生說她有憂鬱傾向，建議碧姬去療養院安靜一陣子。

在療養院，馬迪亞斯每天去探望她，她對馬迪亞斯有一種像對父兄的依戀，小鳥依人，充滿了感激。但同時，卻和另一個療養院的憂鬱男孩——奧利韋陷入了感情漩渦。沒多久，就宣布有了孩子。兩個憂鬱的青年男女，撥了花兒的種子。

碧姬懷著別人的孩子，搬出和馬迪亞斯的同居的公寓，搬進了奧利韋的單身宿舍。奧利韋會電腦繪圖和插畫設計，沒有固定的工作單位，而是靠人介紹，到處接Case，有的時候事多，有的時候事少。會插畫的奧利韋本就是半個藝術家性格，和感情豐沛、活潑有創造力的碧姬在一起，熱情來了如火如荼，愛得天崩地裂；憂鬱起來，一蹶不振，接的差事過了交期仍擱置不管，收入自然不穩定。碧姬則在小鎮的音樂學校找到了適合她的工作——幼兒唱遊班。沒多久，花兒又多了個妹妹，叫做蜜蜂。而馬迪亞斯則做了花兒和蜜蜂的教父，從各方面一再地援助碧姬。

那時我們的孩子都小，有時會推著娃娃車一塊兒散步，或另約幾個幼兒媽媽見面，大家一起，一面追著小孩屁股後面跑，一面有一句沒一句地閒聊。我們的孩子都去了碧姬帶的唱遊班，我們這些生完孩子身材走型的鬱卒媽媽們，全都圍著小不點，跟著一起鴨鴨呱呱叫、蝴蝶翩翩飛、火車過山洞……累得一身大汗回來量體重，唉，那多出來的幾斤肥肉就是死心塌地地巴著妳……

後來，我兒子對「鴨鴨呱呱呱」和「火車過山洞」這種唱遊課失去興趣了。他們開始喜歡一些「有分量」的「重」玩意兒，像馬迪亞斯開班授課的「搖滾爵士鼓」。馬迪亞斯筆記型電腦裡面收錄了不少讓學生們練鼓的搖滾爵士樂，接上小喇叭，很帶勁兒！電腦一打開，誰都看得到，他的桌面圖樣就是碧姬摟著花兒和蜜蜂的照片。

我和碧姬失去聯絡了一陣子，先是聽人說她和音樂學校的吉他老師過從慎密，兩個人在樂器間偷情被工友不小心鎖了一整夜，第二天又狼狽地被去拿提琴的老師給發現，尖叫，快沒嚇死三個人！吉他老師有妻有子，弄得我們和平又無聊的小鎮一時間八卦連連、傳得沸沸揚揚。後又聽說她放下唱遊老師的工作，跑去城裡念當年輟學的大學了。直到我有一次在鎮上碰到碧姬她老爸，他把我拉到一邊說：「Cindy，不好意思，我知道妳和我們家碧姬還頗有交情。有空的話，約她出來聊聊天吧。」

「當然好！她沒空吧，不是又去上學了？還得顧家照看孩子。哪有時間跟我瞎混呢？」

「噢，妳不知道啊，」碧姬老爸嘆口氣：「碧姬她又病了，這回真是憂鬱地嚴重啊！」

我幾次打電話去碧姬家都沒人接，有一次，我開車路過，索性下來按她家的門鈴，良久良久，長得好高的花兒來開門，我幾乎不認識她了，花兒面無表情地對屋內喊了幾聲「媽，找妳的！」就把我晾在敞開的門前自個兒進去了，我不知該走還是該留，等了好久，一個蓬頭垢面的臃腫女人來到門口，用空洞的大眼睛望著我，問：「幹嘛？」

我嚇了一跳，這……這是碧姬？她鼻頭上那個小凹陷還是這麼生動、好奇地瞅著世界。「嗨，碧姬，妳好嗎？我……」話還沒講完，門「砰」的一聲被關上了。十秒鐘後，她又打開了門，探出半個頭來說：「對不起，Cindy，我……真的不行……」

五年了吧？五年來我沒再見到碧姬一次。有時整理樂譜，翻出以往和碧姬合唱的譜子，心裡還是會抽搐一下。兒子繼續在馬迪亞斯那兒學爵士鼓，去年，聽說五十好幾的馬迪亞斯終於結婚生子了（五十好幾，本來就是古人，再不搞「同居」這年輕人的調調了）。有一次送兒子去上課，倉促見到馬迪亞斯大嫂抱著兒子，我一則為馬迪亞斯高興，繞了一個大圈，他終於找到了自己的幸福；一則不禁嘆息，馬迪亞斯大嫂客氣和善，但怎麼都不能跟當年活潑美麗、精力充沛的碧姬比。

一個多月前，我和幾位其他的音樂家在小鎮音樂廳表演，當天我唱了舒伯特將歌德詩譜曲的〈紡織女之歌〉（Gretchen am Spinnrad），唱完碧姬乍然出現在音樂廳的後臺。她說：「Cindy，妳有〈紡織女之歌〉的譜子？給我一份，好嗎？」

紡織女一面旋轉織布機，一面唱道：自從他出現，寧靜全消，沒他的地方，如同墳墓，世界只剩苦澀。我已瘋狂、我心散亂，只頻頻往窗外尋找他的身影，一看到他我便不可自主地出門，只為追隨他高挑的身材，聆聽他流暢的言語，期待他握我的手，還有，他的吻！

我和碧姬約了兩天後的下午，她來我家拿譜子。我們坐下來喝茶，好久不見了，好多事情都接不上頭緒。她看到軟木牆上釘了一些歪歪扭扭的賀卡、明信片和照片，指著一張照片問我：「這是誰？」

「這是朋友的結婚照，妳記得我跟妳說過的，我那個醫生女朋友，她和她男友十年前請我們喝了『不結婚喜酒』，生了個『私生子』，最近還是為了節稅，在法院公證結婚了。」

「哈，這些古人們還是不能免俗的，都結婚了！不過……」碧姬自嘲說：「我畢竟不俗，跟奧利韋同居至今十五年，養了花兒和蜜蜂，但是他走他的陽關道，我過我的獨木橋。花兒、蜜蜂跟父母同住一屋簷下，父有父的公開外遇、母有母的。總之，大家各自活在各自的煩躁和憂鬱中，不俗吧？」

真的是一個不能用世俗眼光衡量的現代家庭。聽說，奧利韋目前的相好是碧姬小時候的鋼琴老師，她有一頭火紅色蓬捲的頭髮，碧姬說：「我小時候很崇拜她呢！那個時候哪裡想得到，她有一天會是我孩子的爹的情人……」

「妳呢？」我問：「妳好嗎？」

「從憂鬱的黑暗中走出來才四個月，至少，我敢出來見人了。我蒙在黑暗中將近五年，全身無力，什麼都做不成，人生都快消耗光了。有一件事我確定：再不，再也不跟任何男人發生感情關係了。」她稍作停頓，又說：「這些男人，這些糾纏不清的感情，讓我一病再病。但是，那天在觀眾席中聽妳演唱〈紡織女之歌〉，聽得我震驚，彷彿她的織錦、線軸將我狠狠纏繞，一句一字，說的都是我，每次都是這樣，迷惑、迷戀、越陷越深……每次的結局都是傷害和被傷害。到底何時才是了結？」

「妳知道嗎？」碧姬繼續說：「不久前我在小鎮市集碰到我初戀情人法蘭克的母親，他母親以前對我很好的！我，竟然不顧眾目睽睽過去摟住老太太說：『赫特伯母，我和妳一樣，時常想念法蘭克！只要草原上一收割牧草，他就活生生的出現在腦海裡！』赫特伯母噙著滿眼的淚水，回抱我，什麼都沒說……」

碧姬說，她又回去成人大學修課，這個念了二十幾年的大學，該是幾時才能念完？「花兒和蜜蜂都長大了，偶爾晚上有空還能一個人去聽場音樂會，點杯紅酒，在Jazz Bar的角落遙想當年情懷。有的時候會期待，有的時候會害怕，鄰桌的客人都是對對雙雙，偶爾也會有單身男人，舉起酒杯向我遙敬，真怕和他的眼神接觸啊，就怕一切瘋狂又得重新開始，我的心莫名地狂跳！我……真的是有問題，感情裡裡外外進出那麼多次，我該高興現在又是清靜隻身一人吶！」

不會有了結清靜吧？只要活著一天，紡織女的線軸就會一直旋轉。這回我跟自己說，我得好好看著碧姬。我們兩個「心不老的古人」講好，下次收割牧草的午夜，騎車林間探險去。

四十好幾再來彌補十四的慘淡青春遺憾，也不遲。

午夜的自行車林間探險。

爵士音樂會

碧姬拉我去城裡聽爵士音樂會。繞過黑暗的叢叢森林、盤旋過山丘迂迴彎路，急彎後對車道一臺大卡車「叭叭」閃著大頭燈乍現，嚇得我們發慌。我問碧姬：「妳打算開哪條路？」她說：「我從來沒底，我的人生很爵士，先這麼開下去，到了路口再決定吧。」

碧姬蒐集爵士樂友，我才發現在場一半的爵士粉絲都是她的熟識。他們穿著雅痞，舉止傲傲的、酷酷的，不愛打屁打招呼，都圍在自己的圈圈裡，喝紅酒，男朋友低頭親吻女朋友的頭髮，女朋友卻恍若未覺地跟其他女賓展現她新買的裙子。碧姬把我拉進圈圈裡，說：「這是Cindy，我的合唱團指揮。她是臺灣人。」我朝眾人笑笑，但似乎沒引起什麼人的興趣。男朋友仍然繼續親吻他女友的髮際、頸項，我

ROXY。

差點叫他們去一旁的沙發座椅躺下來親舒服些，可是，還是把話硬吞下去了，畢竟大家都很酷，我也要酷點兒才行。

說好八點開演的，但是爵士嘛，就是隨性，太準時了就不隨性了，大家小圈圈小圈圈地喝酒、擺酷。我不敢喝紅酒，只怕會真的睡著，就把蘋果汁對水倒進高腳杯裡當白酒喝，連打呵欠的樣兒都模擬出一副很Roxy的朦朧眼神，朦朧到八點四十五分才緩緩開始。

爵士樂像抽象畫，到底是創意還是「國王的新衣」？反正Roxy的懶樣已被我練得很有說服力了，我跟著拍手、晃動、專心聽。可是，真的很難專心，好不容易聽出個旋律或節奏來，下一秒鐘它就消失了，即興發展成另一種東西。像下雨天汽車漏油，滴了兩滴汽油在水窪裡，呈現出繽紛的色彩和奇形怪狀，湊近一看，又沒了。鋼琴一直重複彈同一個音，叮叮叮叮叮叮……配上一陣刷過的沙鼓和風鈴，煞然停止，是雨停的意境嗎？可是沒太陽，倒像是站在潑墨的天空裡，咖啡洒了一身一地。

薩克斯風手一開吹，觀眾就群起激昂，我也人云亦云地跟著「嗚嗚」大叫，既然來了，就很知趣地Roxy！他從頭到尾都閉著眼，重複吹奏著兩個和弦和交換音階。後來經鋼琴手介紹，知道薩克斯風手來自巴爾幹半島的阿爾巴尼亞，他的薩克斯風據說都帶點巴爾幹風味。我對巴爾幹不熟，很難體會所謂的「巴爾幹風味」為啥，只注意到他緊閉的雙眸和漲紅的雙頰間有條若隱若現的刀疤。我想到以前地理課學過巴爾幹半島是世界的火藥庫，那麼他那重複的和弦和音階應該就是迪迪嗒嗒的衝鋒槍聲吧？

貝斯手又高又帥，撥起弦來卻一副事不關己的無所謂樣。他表演了一段Solo，旋律急驚瘋，掌聲大起，可是他只把下嘴唇噘起，吹氣掀了掀前額的金色瀏海，剛才的旋律沒留下半點痕跡，就被節奏詭異的爵士鼓Solo震跑了。後來我聽說，貝斯手來自如今政變頻頻的烏克蘭，總統派和反對黨幹了好幾場血仗後，總統卻神不知鬼不覺落跑了，他的錚錚誓言言猶在耳，又像從沒發生過。

漸漸地，我感覺我進入爵士精神了！

十一點過演奏結束，碧姬說她還想留下來喝兩杯，還沒打算什麼時候走，反正，即興嘛，也許去鋼琴手那一桌混一混，「誰知道會發生什麼呢？嘻嘻，Cindy，要不要一起來？」我的爵士精神頓時煙消雲散，Roxy被現實驚醒，只剩下呵欠連連。我看到潔莉正在跟大家告別，她很惋惜地說得先走，因為明天還得早起上班，就趕快湊上前去問她願不願意帶我一程。

潔莉的女兒曾和大兒子小學同班，以前家長會裡見過。一路上沒一個人提了一句爵士樂，剛才的聲色靡爛像沒發生過。她只是不斷地聊女兒的學校功課、考試，非常切實際、不爵士的話題和人生。

咖啡機情緣

在咖啡吧臺我點了杯Café Crema。那臺巨大的咖啡機有五個咖啡濾口，旁邊的打奶機正徐徐地冒著蒸汽。吧檯少爺熟練又帥氣操作他的Baby，我邊吃我的義式榛果派，邊欣賞他「被長圍裙緊緊包裹的年輕腰臀……」

我想起曼費爾德和他的咖啡機——他說他和他的咖啡機之間其實是一種Love Affair。他極簡又高級的廚房擦得一塵不染，深棕柚木、淺綠毛玻璃和不鏽鋼邊角透露出現代品味，別無長物，就那臺矮櫃上的咖啡機最顯眼。說它顯眼也不對，其實它極近低調——鈦金屬暗灰的機身、幾個觸鍵亮著小燈，沉著又自信，像搖滾樂團杵在舞臺後方的Bass手，不經意又不費力的撥他的弦，全場聲色也震攝不了他的蹙眉和傲唇，Spotlight不打在他身上，麥克風不握在他手裡，可你就無法把眼光從他身上移開。

曼費爾德問我，來杯Espresso怎樣？我說好。他隨即扭開了ON，咖啡機低沉地哼唧，暖杯作業啟動。曼費爾德從櫃子裡取出一個用麻繩綑住的厚牛皮紙袋，還沒扯下麻繩，就是撲鼻咖啡香，陣陣道盡它的熱帶叢林身世。他不說話，只是手巧地量豆、磨豆，把磨好的咖啡粉塞進濾杯裡，拴緊濾杯。我說，我家的Nespresso咖啡膠囊方便多了，整顆膠囊扔進機子裡就行了！曼費爾德眼也不抬地說，原諒他不恭敬，但是，Nespresso這尋常脂粉，如何能跟他傾國傾城的咖啡比！

咖啡機哼唧得更低沉了，曼費爾德說，世界上最迷人的兩種沉吟聲就是：一、他的八千歐元咖啡機，二、他的McLaren引擎。

當濾嘴終於緩緩吐出濃縮沉鬱的咖啡液，流入小瓷杯裡凝結成柔密的泡泡，曼費爾德瞇著眼歎息，他說：「啊，Cindy，這簡直就堪稱Coffee Pornography！（咖啡春宮戲）」

唇齒苦澀間，我想，這Materialism「物質主義者」為他的昂貴享樂付出的強烈情慾，又豈是我們這些尋常脂粉所能理解的萬一？

Geil 就是「那個」很爽的意思

很久以前有一對年輕情侶來跟我學中文，他們叫馬克和裘蒂特。馬克和裘蒂特兩人從中學參加學校的跆拳道社就在一起，高中畢業後又跑到大城市去學少林功夫。他們來找我的時候十九、二十歲左右，真是一對神雕俠侶！我跟他們特別投緣。中國功夫是他們的媒人，也是共同話題，甚至打算休學一年，一塊兒到中國去研習武功，所以來找我學中文。學了大概一年中文，會了點皮毛，就去少林了。三個月後他們回來，送了我一本少林武功攝影大全，就失去了聯絡。

這中間過了有十多年吧，有一天我在小鎮市中心看見兩位挺拔的男女，怎麼看就是當年的馬克和裘蒂特，我大喜過望，一個箭步將他二人擁入懷裡，說：「好久不見哪！你們又去中國了？怎麼音信全無？武功大有精進啊？」

那位女士靦腆地將我稍稍推開，說：「呃，您好，庫恩太太，呃，是又去了趟中國，武功啊，您是說中醫學還是針灸功夫吧！托福，希望也有精進……」男士則說：「一年前在開幕會上見過您一次，您真是熱情啊！」

中醫？針灸？開幕會？天啊，大大認錯人了！這可不是馬克和裘蒂特，是小鎮醫院新開的中醫部門聘請的年輕俊秀醫生，他們都到中國進修過。一年前我曾受邀到中醫部門的開幕典禮上表演，匆匆打過招呼握過手，這樣而已。

從那天起我就經常被自己「認錯人」、「亂抱人」的丟臉行徑半夜嚇醒，夢裡什麼發生過、沒發生過的糗事都在大庭廣眾下重新上演。只有一件事，我大概全忘了，直到幾個禮拜前在超市買菜，碰到公婆生前的好友——曼寧和比吉特，又重新歷歷在目。我嚇了一跳，他二人真是老了一大截子。曼寧曾是公公的事業夥伴，比吉特和婆婆則是烹飪班的好同學。頭髮全白就不用說，而且佝僂不堪。我們閒聊了幾句，他們說：「唉，這痛那痛，老友各個病的病、死的死……，總之，Cindy啊，套句妳的話來說，就是一切都不如當年geil了！」

我的話？geil？晴天霹靂，一股腦憶起了當年往事：geil這個字課本裡沒學過，我卻老聽到同學們開玩笑的時候掛在嘴邊，終於忍不住問安德烈：「geil（發音：ㄍㄞˋㄜ）是什麼意思啊？」他把聲音壓得低低地，說：「不雅的字，就是說……『那個』很爽的意思啦！」沒搞清楚他說的「那個」所指為啥，只是不斷地喃喃自語geil、geil、geil……

安德烈的媽媽請喝下午茶，曼寧和比吉特也受邀在場，曼寧聊到說買了條近來流行的Livis牛仔褲叫Buttonfly的，褲襠以一排鈕扣代替拉鏈，還真不習慣，難解開……」安德烈說：「穿習慣了，就好開了。」

「對呀對呀，我也有，」我興致勃勃地插嘴：「Buttonfly鈕扣褲襠超geil的，我一扯就開了！」邊說邊做個扯褲襠樣兒。

一．陣．靜．默……

他老爸深深注視我，說：「我相信，我兒子肯定也覺得妳扯得超geil的！」

幾週前居然接到馬克的電話，聽到他的聲音我真開心！說在機械公司上班，事業混的不錯，公司打算今年派他去中國的分公司駐紮效力。「武功啊，少練了，」他說：「工作和家庭，一根蠟燭兩頭燒，哪有時間練功呢？」是這樣的，他想知道我有沒有時間給他和老婆孩子補補中文，以應對接下來的中國生活。詳情他請老婆過兩天給我電話。

馬克的老婆，當然就是裘蒂特嘛，當她打電話來，自我介紹是馬克太太的時候，我就說：「哎呦裘蒂特，幹嘛跟我這麼生疏啊？妳好嗎？我一直覺得妳和馬克是天作之合呢！結婚幾年了？幾個孩子？還練功嗎？」

「咳咳～」馬克太太說：「庫恩太太，我叫佳比，據我所知，馬克和那個叫裘蒂特的第一次去中國少林的時候就分了。」「噢！這樣啊……」我支吾找不到接詞，她又說：「我不喜歡那種打打殺殺的什麼功夫的，沒意思嘛，您覺得呢？」

我的神雕俠侶馬克和裘蒂特，居然十幾年前就勞燕分飛了！一時間很難面對現實，只聽見自己呢呢喃喃地附和：「是啊，不太geil……」

說完馬上後悔，我居然跟一個素昧平生的人說了這個不雅的geil字！想必是因為前一天才在超市碰到曼寧和比吉特的緣故，讓我老想著很不geil的往事。

事隔好幾個禮拜了，再也沒接到他們的電話，想必是不願意找這種亂說geil字的人當老師！

飲食男女

我們的朋友德克是個大帥哥，向來身邊美女不缺。有一次他交了個素食、反核、練瑜珈、自己種地、愛護動物、致力世界和平的生物博士女友，讓帥哥完全繳械，拜倒於她的聰穎健美和宏偉慈悲的石榴裙之下。那年另一位朋友結婚，我們大夥都逮到了機會好好地治裝打扮一番，可德克大帥哥帶來的女友卻一副〈皮皮長筒襪〉裡的野丫頭裝扮——一身都是花布塊補丁拼湊出來的衣服（其實很有創意，只是可能不適合穿進高檔的婚禮大廳），腳上是自家養的綿羊毛搓出來的線團織的厚毛襪，左右腳還顏色不一。

德克不以為意，反而驕傲於她的與眾不同、別出心裁。他倆一塊兒就著日出練瑜珈、上街為反戰、反核遊行，一塊兒登山、尋找冰河區的萬年深海化石、划獨木舟去沼澤地野營、觀察野鳥、捕魚、採集生果……，這樣，熱戀了三個月。有一天德克精疲力竭地出現在我家門口，我們正準備晚餐，一桌子的菜，就邀他一塊兒進來吃吧。他看到菜色，悲從中來，說，自己畢竟是個俗人，就是為了「吃」，還是跟仙女般的女友分手了。

因為，過了四天野營的生活，曬傷、刮傷、蚊蟲咬傷、溯溪、攀岩、衣襪濕透……，好不容易背著奇重無比的睡袋、營具，走到了個小城市郊，遠見文明炊煙裊裊，終於可以進家像樣餐館，吃一頓廚房裡料理出來的、熱騰騰的晚餐了，德克掏出幾乎被湍急溪流沖刷走的信用卡，正要說：「今晚我們吃頓好的吧！」卻見女友已弓著腰在原野裡採集野菜和野玉蜀黍，她催德克趕快生火，幫她把半生玉蜀黍粒削下來，悶在隨身攜帶的小鐵鍋裡爆玉米花。

德克說：「我不行了，非吃頓燉煮的、燒烤的、有精緻擺盤、桌上點蠟燭的調調不可。此刻才知道，我們是兩個不同世界的人，就算世界大同、一切回歸自然綠能，我們也不會有幸福結果的。」

聽他說的，同情之餘，我再次領悟到，吃的文化造成的矛盾並不只出現在種族文化背景不同的配偶裡，同國族文化的一家人，也可以為了「吃」而分道揚鑣。

我認識的很多亞歐配，家中掌廚的不管是先生還是太太都經常跟我抱怨，為了顧慮大家的口味，做一頓飯思前想後的——有人不吃蒜、有人不吃辣、有人怕油膩、有人嫌肉多。這又讓我想起幾年前閱讀的真實故事小說《白馬賽戰士》（Der Weiße Masai），說的是一位年輕瑞士女郎和男友旅遊非洲肯亞，卻情不自禁地愛上了一位一臉畫得花斑的肯亞叢林人，她毅然離開已訂婚的男友，放棄科技文明生活，自願到原始叢林裡跟他過茹毛飲血的日子。有一次她好心好意，為她的非洲叢林丈夫做份了簡單的「義大利麵配番茄醬汁」，想不到叢林丈夫破口大罵，問她「是什麼居心？竟做這種血汁煮白蚯蚓給他吃！」，罵完再把她打一頓。所以，「阿公呐欲煮鹹，阿嬤欲煮淡，兩人相打弄破鼎……」的場面不是唱〈天黑黑〉的歌詞而已，為了「吃」鬧得「氣都氣飽了」的小倆口比比皆是。

食的文化差異最大、最無法相互苟同的時候，就是當人們決定：簡單吃。

說實在的，若是慢工細活地烹調，用鮮美的食材，管他是什麼國的料理，煎煮炒炸，熱的涼的，什麼調味料都行，怎麼可能會不好吃？會不好吃的，都是因為怕麻煩、怕花錢，不好好做，隨便充飢。

這個時候，食的文化差異就出來了。

我經常被問到，妳德國老公吃得慣中國菜嗎？開玩笑，怎麼可能會吃不慣？事實上，幾乎全部我認識的、之前揚言過「吃不慣中國菜」的德國人，來到我家嚐了我使盡渾身解數、從媲美試爆炸彈的廚房裡、一身油光粉面卯出來的手藝，誰會（敢）說不好吃？我已故的公公，生前極度不愛上館子，說上館子根本就是去花錢又受氣的，他出門旅行一定帶滿足夠的乾糧，餐餐自己弄、簡單解決，絕不上館子。誰知，人生最後兩年正正式式跟臺灣媳婦兒拜師，一心要當我的做菜學徒。

我們在「吃得好」上沒有異議，唯一不同的，就是「好」的定義，是「絕對的好」還是「相對的好」？絕對的好就是不計花費和勞力付出，食材品質、烹飪技巧非要精緻不可；相對的好就是物美價廉——花少少的錢（時間）就能吃的不錯。再來，就是「頻率」，對我而言，適當的頻率就是每天，這是生活的基本品質，就像蘋果理所當然地會從樹上掉下地一樣，只有當周遭的人都覺得，「幹嘛沒事花那麼多心思在『吃什麼』上面？填飽肚子就好了嘛」的時候，才會像牛頓一樣地恍然大悟：噢……蘋果落地原來是因為有地心引力呀！

參加寫生隊的時候，跟幾個學生合租了一間簡單的、帶廚房的公寓。在大太陽下畫一整天的畫，傍晚飢餓疲憊地回到公寓來，第一件事就是去買菜，開伙做飯，我會給自己炒個芹菜碎肉丁、燙青菜、煮蛋花湯……，每天換花樣；他們可不，吃不重要，但是每天會記得帶鮮花回來插進窗口的小瓶子裡，點燃蠟燭蒸發芳香精油，煮濃咖啡、開啤酒、啃硬梆梆的香腸、嚼洋芋片、舔冰淇淋，幾個注重飲食健康的，則像小白兔一樣，生啃紅蘿蔔、嚼青椒、黃瓜、番茄和生菜葉……，有的連沙拉醬都免，頂多沾沾鹽巴，連撒胡椒都喊辣，看我爆油鍋嗆蔥薑辣椒，嚇都嚇壞了。

我和安德烈飲食習慣出現最大差異的時候，就是我決定不做飯了，森林小鎮既沒什麼像樣的餐館，開車進城打牙祭的精力也缺缺，就各人自個兒解決自個兒的飢饞吧——他開啤酒、切鹹肉、抹厚厚的奶油起司、咀酸黃瓜、啃粗穀硬黑麵包，擠一大坨番茄醬還是美乃滋，吃完還來一球冰淇淋；我燒水泡麵、燙兩片青菜、煎個蛋、下兩顆冷凍餛飩，吃完再煮酒釀湯圓。我故意喝熱湯、扒麵條吸得唏哩呼嚕，以俾倪他的原始人冷食；他則像牛嚼青草般地咀嚼硬黑麵包，嘲笑我被熱湯沾霧和濺濕的眼鏡。

其實如果伴侶二人都覺得隨便吃無所謂，比較喜歡花更多的時間做瑜伽、打電動、討論哲學或致力世界和平也行，總之，志同道合就好。有一次在偕同夫人的聚餐上，業務部經理的夫人——華格納太太跟我說，他夫妻倆最大的共同嗜好就是：洗澡。裝潢新屋最大的開銷就是安裝「雨林式」及「衝射式」的縱橫淋浴間、室內外按摩浴缸及各式泡澡鴨鴨等搭配飾件。他家幾乎每餐都是在浴缸裡解決——冷熱交替沖涼、跳進冒蒸氣的按摩浴缸、灌冰啤酒、嚼洋芋片、啃風乾香腸……，真是世界一級的享受啊！

至於德克，終於有了新的感情歸宿，他的新女友卡媞雅不但是健美有氧韻律老師，而且愛極南歐地中海型菜色及廚藝，沒多久前請我們去吃自己掝麵、切割、包日曬小番茄乾拌鮮乳酪料的Ravioli（義式水餃）。他們倆有說有笑忙了一天，一身一頭白麵粉，沾板上是研磨過的迷迭香和鼠尾草，芳香四溢，卡媞雅喝酒吃菜津津有味，不計算卡洛里囤積腰圍，我看著德克迷戀注視他女友的模樣，就想，此刻的美食、享樂和愛情就是永恆，今朝有酒今朝醉，誰還會在乎環境污染、種族滅絕或世界末日呢？

拉得弗森林異童話

朋友與我

漢尼山男聲合唱團

漢尼山男聲合唱團成立至今五十幾年了，代代傳承，其中好多成員都是老阿公了，中青級的歌手也不少，很慶幸，最近他們新來了幾位年輕又聲色嘹亮的小夥子。老老少少混在一起，全都哥兒們相稱，一起發聲、唱歌、喝啤酒和開玩笑。練唱的地點是早期團員捐錢，把獵人工具室加大擴充成的一間「歌手屋」，就在漢尼山的叢叢森林裡面。「歌手屋」牆上掛滿了最早獵人斬下的鹿角、貓頭鷹標本，還有合唱團初創期的演出簡報、照片。屋裡除了附鋼琴的練唱間外，還有一間大冷藏室——全堆滿了一桶桶的生啤酒，還有烤肉架、飛鏢盤、撞球枱……等。

他們跟我說起笛特，九十九歲，從四十歲出頭在漢尼山唱起，歷經了八個不同的指揮老師，每個禮拜準時開車來漢尼山練唱。那天，他們練了許多老歌，笛特唱得盡興極了，回到家，舒服地栽進他的搖椅裡，嘴裡還哼著剛才練過的曲調，手持一杯啤酒，就睡著在搖椅裡，再也沒醒來過。將近一百歲，無病無痛，痛快地和漢尼山哥兒們練完唱，就爽快地走了。我聽得出神，希望哪天，但願是很久以後，我也是這樣，唱完餘音還繚繞的時候，或是畫完筆一放，顏色待乾之際，就含笑滿足地走。

禮拜五晚上漢尼山男聲們和來自法國的姐妹市合唱團開聯合演唱會，請我去客串獨唱。彩排兩次，我來到他們的「歌手屋」簡直被老少男歌手給寵壞了，他們像伺候娘娘似地呼前擁後的伺候我，弄得我很不好意思。當晚演唱完，我拿了大束大束的花跟大家告別回家，蹬著高跟鞋踩著凹陷不平的石子路去停車場，卻見到黑漆漆的路上一個痀僂老頭，穿著合唱團的西裝制服，拄著拐杖晃晃蕩蕩、傴傴獨行，我加緊步伐跟上去，還不敢馬上扶他，畢竟人家不見得覺得自己是老頭，別輕易呼「老伯」、「老先生」，把人家無端叫老了可不好。

他看到我倒是大大鬆一口氣，搖搖欲墜拉住我的手，拜託我攙他一把，說：「黑乎乎的真的看不清楚，地上又坑坑窪窪，停車場明明就幾米路而已，怎麼搞得，怎麼走都走不到？」又說：「Cindy夫人啊，等到您到我這個九十歲的年紀，就知道出來一趟有多吃力了……」

倒是，今晚能跟您Cindy夫人同臺，很榮幸，值得！

哇，九十歲還唱歌登臺耶！我說但願我到您這個年紀也還能登臺，只不知道到時候漢尼山的小夥子們會不會找我這個老婆婆客串獨唱嘍！我問他怎麼沒家人陪同一塊兒來，他說，老伴以前是他的歌迷，可惜二〇〇九年就過世了，兒子媳婦兒孫兒都住得遠，對老頭的合唱團嗤之以鼻，從不來。

送他到他的停車位，說實話，還真擔心他這麼晚了還能開車嗎？告別時他說：「Cindy啊，我就叫妳Cindy啦，我們以後見面就直呼前名就行了，我是托比，我們也別「您」來「您」去了，我們singers都是性情中人，本就該以平輩相稱！」

週六被中青代的漢尼山歌手請到大工廠裏隔出的一大廳參加「德法聯合演唱會慶功宴」，我自組的「六塊肌」小合唱團也隆重登場，二十來歲年輕的漢尼山團員還會幫我們用法語報幕。「六塊肌」唱完，「漢尼山男聲」也唱，這回我仔細看，每個人——九十歲的、中青的、二十出頭的，看指揮的表情都一樣專注，口型開闔

誇張，咬字完美，四個聲部，各個穩健清晰。

哇，說不出的感動，唱歌的人真的forever young！

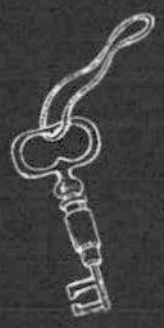

CHAPTER 3

故事中的故事

森林 v.s. 高科技

別以為我住在森林鄉村，前不巴邊，後不著店，就該每日「晨曦理荒穢，帶月荷鋤歸」地過日子。

我家可高科技了！

在大自然的懷抱中，過這樣高科技的日子，不只我們喜歡，煩的是森林裡的野獸也很有意見。

我家的裝置，全部由中央電腦控制，開門鎖門，只憑我和家人的指紋印在感應點上，門就自然開啟或鎖上；就連狗狗，都可以貼印上溼冷的鼻子紋，以便利牠自主進出。開窗、應門、暖氣、空調、防盜、視訊、音響、燈光……，只要我在客廳、廚房和臥室都設有的美觀中控螢幕上點觸，就可以輕鬆操縱。如果我懶得走到螢幕前，費力地擡起指頭來點觸，也可以調換至語音控制，前提是：標準的德文咬字發音。比如說，上完廁所，對著每個角落都設置的收音器，清楚地發號施令：「沖馬桶！」中控系統就會自動斟酌認清給水量，一旁的電動供紙轉輪則會自動出紙，目標是絕對做到「省水省紙」的環保原則。

偏偏，出了點小狀況。從此，系統全亂了。

一晚，我淋浴的時候，中控電腦系統善解人意地幫我選擇了我最愛聽的FM電臺，我邊洗頭髮邊忘情地跟著哼"Her hair, her hair, falls perfectly without her trying"（Bruno Mars）這時，電話響了，我繼續淋浴，只消觸摸按鍵，收音機馬上幫我轉接電話，我大可邊淋浴邊講電話。是老公打來的，跟我報個平安，從客戶公司回程的路上，塞車了，可能會晚點到家。

「孩子睡了嗎？咦，那是什麼嘩嘩的水聲？妳在沖澡啊？水壓夠力嗎？水溫呢？」

「嗯，嗯，你小心開車。都很好，就是水溫不夠燙。你知道，我最愛洗滾燙的澡！」

剛講完「滾燙」二字，蓮蓬頭衝出的水柱突然變得燒灼，「啊！哇！」我燙得大叫，顯然是中控電腦系統聽懂了我的「溫控指示」，很有效率馬上把水溫調成「滾燙」，我又燙又痛，洗髮精流入了眼睛，怎樣也發不出標準的德文了，只聽到自己火大地出掌亂擊觸摸式按鍵，並對著收音器大罵：「神經病啊你！想燙死我？」

中控系統被我打罵地畏縮，乾脆不出水了。我一身一頭的肥皂泡沫，可是沒水了。

沒水是一回事，中央控溫系統對我的語音指令起了懷疑，再怎麼努力地講標準德語，它也是反應遲鈍。倒是對那句中文「神經病啊你！」特別敏感——想要開音響，它關燈；想要開空調，防盜警鈴倒響了。

從此以後，我每天打電話找技術人員來修理。技術專家疲於奔命，今天修好了冷暖空調裝置，明天又得來，因為進出大門的指紋感應鎖又壞了，即使全部都修好了，維持頂多兩天，無線上網裝置又罷工，完全收不到訊號，所以整個防盜系統也跟著癱瘓。總之，系統內部的一個組織連結軟體，似乎鬧脾氣，動不動跟這個那個不相容，有事沒事出狀況，技術專家搖頭歎氣，「您家真的太高科技了，這程式系統還不是普通的複雜！」他試試將整個系統關機，再重新開機，並再次輸入設定一次全家大小的指紋、狗狗的鼻紋。為了搞定語音收音系統，要我們對著收音器，講上十遍、二十遍的「1, 2, 3, Hello Hello, Test Test」以便電腦學習辨認我們個別的聲音。電腦一旦確認辨識，就發出「嗶」的一聲長音，綠燈亮。我講了二十遍「Test」，它還是不「嗶」，紅燈閃爍，氣的我，就臭罵一聲：「神經病啊你」，這下它長長地歎口氣，「嗶」聲不止，綠燈發光！

接下來發生的事更蹊蹺了。早上兒子從車庫裡推出自行車要去上學，急呼呼地垮個臉跑回來跟我說，輪胎沒氣了。仔細一看，何止沒氣？黑黑的橡膠胎面上一個大洞，洞緣像是被啃的，參差不齊，坑坑窪窪。

「媽，這看起來像是什麼動物餓極了，啃我的車胎充饑來了。」兒子說。

「不可能。車庫也安了防盜鎖，沒有我們的指紋感應，誰也別想進來。就算硬闖進來，防盜鈴肯定要大作。這裝置對人對動物都一視同仁。」

晚上睡覺的時候，臥房的屋頂上「嘰嘰嘎嘎」聲響不斷，把頭埋在枕頭下蒙著睡也沒用，這怪異聲響把我吵得抓狂。幾夜下來，少了清靜安穩的美容睡眠，眼角魚尾紋擦多少眼霜都無法淡化。美不起來就心情惡劣，把我逼出了勇氣，從樓上窗戶外的防火梯爬上了屋頂，想一瞧究竟。乖乖不得了，我家屋頂只剩殘簷瓦礫，瓦片下的三合板一個一個大洞，整個屋頂，就像一塊帶洞流油的大起司。這到底是怎麼回事？

鄰居是農戶，對各種出沒森林的蟲魚鳥獸都有概念。他跟我爬上了我的洞洞起司屋頂，痛切地搖搖頭，「是鼬鼠！牠們什麼都啃。看樣子，他們想在妳家屋頂瓦片木板中做窩。」

「嘎，鼬鼠？諒牠們有那個能耐爬上屋頂，但牠們怎麼進得來我家車庫呢？最近甚至把已紮緊的垃圾袋也拆開了，洗衣機的電線也有啃食的痕跡，可見牠們已擅自進入了我家的洗衣間和儲藏室。太恐怖了！」

當我某日清晨發現，顏料竟打翻在未完成的水墨素描畫上，斑斑點點的像是腳印，這證明異物已進入了我的工作室。我終於忍無可忍，決定豁出去，不睡覺了，趁著夜闌人靜，且等在車庫中央控鎖旁，看這妖怪是怎麼進來的。

鼬鼠侵犯我的畫作。

夜黑風高，唏唏簌簌的鼬鼠妖怪來了，我大氣不敢哼一下，隔著窗注視牠們。天色黑我看不清楚，但少說也有四、五隻吧，竟是一隻隻地把鼻頭往我家狗狗的鼻紋感應器上湊，並時不時發出「行几畢阿里」的尖怪叫聲，突然，感應器「嗶」的一聲，車庫門嘩啦嘩啦要開了。我嚇得，哪敢跟這些妖怪正面衝突？衝進屋裡，狠狠地關上從車庫通往起居室的門。中央控鎖顯然沒用，且把玄關處的菩薩銅像費勁兒搬來擋在門口，但願菩薩保佑，別讓鼬鼠妖怪進來。

第二天仍是睡眼惺忪，驚魂不定，打電話又叫技術專家來，先把車庫和儲藏室的中控裝置給關閉，改用傳統鋼筋大鎖。狠狠地痛罵了我家狗狗一頓：竟敢把用鼻紋開鎖的祕密洩露給森林裡的畜生知道！我痛定思痛，決定拆除狗狗的鼻紋感應器，麻煩歸麻煩，以後得自己給狗狗開關大門了。我要求專家再次設定語音辨識系統。輪到我說「Test，Test」的時候，電腦照樣不給面子，就是不「嗶」，綠燈不亮，那句已在舌尖就要罵出的「神經病啊你」，忽然被腦中一個念頭煞住——鼬鼠的尖叫聲「行几畢啊里」聽來酷似……這鼬鼠……我……我非把牠……

找工人來補我家的屋頂瓦片，我跟著工人爬上去指揮作業。站在屋頂上四處張望，瞥見屋旁的一棵大松樹，樹頂早已高過我家屋頂，而且龐然樹枝大喇喇地伸展到屋頂上來，擋住我家的高科技太陽能接收板，縱然本來出太陽的日子就不多，還是覺得前一陣子的暖氣、暖水電費高，全該算到這棵目中無人的松樹頭上。再則，我恍然大悟：這棵松樹正是鼬鼠們飛簷走壁的跳板。這些鼬鼠妖怪在太歲頭上動土早不是一朝一日的事了，只怕是森林裡有組織、有計謀的反竄行動「堅持維護森林原始自然，反對高科技住宅涉足森林」。我一聲令下：「來人啊，把這棵大松樹給我拖下去砍了！」

高科技的日子還是過得楞楞蹌蹌，技術人員接我電話都接煩了，三天兩頭地派人來修這修那。松樹砍了，鼻紋感應器撤除後，我家安靜了一陣。直到今早，兒子從車庫推出自行車的當兒忽然大叫：「媽！妳看這些是什麼？」

我家大門口前散亂不堪的雜屑物：咬壞的輪胎橡膠皮塊、碎電線外緣、瓦礫碎屑……顯然鼬鼠們把長期從高科技人類世界蒐集來的寶物全攤來這，跟我示威，牠們在告訴我：「我們又來了！別以為高科技擋得住我……」

我拿出掃把畚箕清理雜物碎屑，心想既然高科技擋不住你們，且看我親自出擊。從工具室中找出了把種菜用的大鋤頭，逕自往森林中走去。給自己壯膽，邊走我邊吟誦著陶淵明的詩：「晨曦理荒穢，帶月荷鋤歸，道狹草木長，夕露沾我衣，衣沾不足惜，但使願無違。」

但使願無違，但使願無違……

鼬鼠。

BMW新車發表會

安德烈說BMW寄來邀請函，為推出新款的「七字頭轎車」系列，經銷商請我們過去看看。他說，只是順路繞過去轉轉，最多待十分鐘，拿一份型錄就走，然後咱們就去吃一頓好的，再去哈廷根聽音樂會。

到了經銷商才發現，滿廳堂金碧輝煌，賓客都是盛裝赴宴。這豈是「看看」而已？這可是五星級的新車發表會。平日的車輛展示大廳搖身一變，成了高級宴會廳，兩旁搭起了臨時燒烤攤位，還有侍者端著紅白酒高腳杯、精緻的Finger food，到處服侍車迷貴賓們。舞臺邊是七人組的室內樂團，此刻正在演奏I could have danced all night（我可以舞個整夜）。牆壁上是巨幅的抽象畫，畫的都是「咻咻咻」的灰藍直線條，大概象徵縱橫交錯的高速公路。我去看看標價，不禁傻眼，每幅價格都媲美一臺BMW！

安德烈興奮異常，他說：「哎呀沒想到，美食和音樂會這裡都包括了，多好，咱們哪兒都不用去了。」

這時樂團奏樂偏離古典，逼入高潮迭起、不按牌理出牌的神祕音階，兩個「西裝白面人」霹靂滑入舞臺，觸電似的扭動翻滾，白手套拉扯繩軸，升起布幕，呈現今晚金光閃耀的主角：BMW 730D。主持人接棒躍上舞臺，口沫橫飛講了二十分鐘，這臺車提供：未來式的豪華駕馭感，螢光雷射燈組、手勢操作面板（gesture controlled）、超輕碳鋼骨架（carbon core）、超感應自動停車裝置……再再在速度、平穩度、享受度……上，突破駕駛人的極致想像。

接下來的四十分鐘我落單於百來人的宴會廳中，拿了杯紅酒坐到室內樂演奏的舞臺邊，聽音樂打拍子。遠望四臺展示車旁，臺臺圍滿了等著嘗試把玩新車的粉絲，安德烈肯定也在其中，萬頭鑽動找不到他。我想到上回跟他去羅馬賽車，我們的超跑遙遙領先，人家問安德烈，「談談您領先的祕訣是什麼吧？」他拍拍我的肩膀說：「輕盈！我老婆是碳鋼骨架做的（made of carbon）。」

實在等太久了，室內樂團也去休息了，好吧，我也去展示車那兒湊湊熱鬧。沒想到才等兩分鐘就輪到我入坐駕駛座，我煞有介事地調動座椅，扭轉開關，四周盡是閃閃鎂光燈，汽車雜誌記者過來問我：「怎樣，坐在駕駛座上是否有號令天下的至尊感？」

「嗯……我哼起剛才樂團演奏的〈I could have danced all night〉的曲調，唱『I could have sat all night!（我可以坐個整夜！）』」

「您的意思是，坐入駕駛座，就有再也不想下車般的享受，是吧！」記者低頭記錄我的話。「您試試手勢操作面板吧！」舞臺大燈下，大家都在看我，好吧，就試試……

我揮手將面板調到Radio，選定我要的頻道，食指在空氣中順時鐘畫圈圈，就大聲，逆時鐘畫圈圈，就小聲。再一揮手，就進入下一裝置，「歡迎來到自動導航系統，請輸入您的目的地。」

我的目的地？我想，今晚的目的地本來是哈廷根的音樂廳，怎麼耗在這兒已經一個半鐘頭了呢？而陪我來的安德烈也不見人影，一股無名煩悶怒氣自胸中萌起，忘了保有嫻熟淑女氣質，就給操縱面板一個不雅的「中指」——混蛋他媽的手勢，誰知車子就瞬間熄燈了，連帶把舞臺燈也全熄了，不跟我玩了……

趁黑、人擠人，我趕快跳下車，卻被人架住了四肢，硬扯到布幕後臺。後臺燈光渾濁晦暗，還是看得見，綁架我的正是剛才跳霹靂舞的「西裝白面人」，他們抽筋傳電、嘻哈翻滾，用雷射燈管制住我不動，四隻手卻朝我指來，霎時間高壓電流流遍我全身，我的碳鋼骨架導電性能超好，藍吱吱的電光火石在我身上啵啵作響。他們用手勢操作我：順時鐘畫圈圈我就唱得大聲，I could have danced all night. I could have danced all night.（我可以舞一整夜。我可以舞一整夜。）逆時鐘畫圈圈，我就唱得小聲，and ever asked for more……（而且還要求更多……）

布幕緩緩被揭開，七人組的室內樂團將我圍在中央，認真彈琴、拉弓撥弦、吹笛、打鼓，舞臺繼續升高，這才發現舞臺設在縱橫交錯高速公路交流道的中間，就像十萬歐元一幅、灰藍線條的抽象畫。我一邊機械式地高唱，一邊遠眺塞車嚴重的路段，千百輛BMW七字頭轎車堵塞至天際，黑夜中，從交流道起綿延至地平線的高速公路，被雷射螢光燈組照得好比地上的「銀河系」，順著我舞動的手勢，順時鐘畫圈圈銀河星星就順時鐘轉，逆時鐘畫圈圈它們就逆時鐘轉，像極了梵谷的「星夜圖」。

塞車狀況嚴重，轎車群以龜速前進，好不容易移動到我面前的那臺，突然滾下電動車窗，駕駛人伸出頭對我大喊：「哎呀我的碳鋼車骨架Cindy，趕快上來，妳上來了我才能飛速啊！」他手勢一揮，我就被吸上去了，瞬間我們就飆出了重重堵塞的車陣，以迅雷不及掩耳的極速贏得金牌。

據說，後來「超感應自動停車裝置」把我安穩地park進床裡，一點都沒吵醒我。停了八個鐘頭的寬敞黃金車位竟然免費，誰叫我是黑金——made of carbon。優惠活動期間，繳一篇「BMW新車發表會魔幻寫實」就可以擁有VIP終身停車卡了。

瑪黑島的大蜈蚣

昨晚安德烈把汗溼的運動衫褲脫下來晾在浴缸邊，他想，明早起來直接去健身房，再穿一次吧，反正又要出汗，健完身再搓洗。欣蒂要是知道了，一定會搶著為他馬上洗的。她說出來渡假，皮箱裝不了那麼多衣服，帶一套運動衫褲就好，髒了馬上用手搓洗，反正這質料乾得快。可是安德烈嫌麻煩，而欣蒂已經睡著了。

汗濕的短褲攤在那兒，潮溼悶熱的夜裡蒸發著汗臭。這味道對窗外的蟲蟻螵獸有說不出的吸引力……

這裡是塞舌爾的瑪黑島，不是寒冷的德國森林，安德烈睡覺時候，熱帶叢林裡的蟲蟻螵獸正精力旺盛地開趴踢，牠們扭動著節肢，狂歌勁舞……

安德烈一早起來套上運動短褲頭要去運動，感覺到什麼東西噝噝蠕蠕卡在股臀之間，把手伸進褲腳內拉扯一番，忽然從跨間跌出來一隻十來公分長、拇指般粗大、深棕色油亮的大蜈蚣。安德烈大驚，這畜生，怎麼跑到我的褲襠裡去的？實在叫人卯起一身的雞皮疙瘩！拿了拖鞋就要去打。

蜈蚣在安德烈的汗褥裡纏吮了一夜，好像吸食了大麻般欲仙欲死，渾身使不出一點力來拔（四十支）腿就跑，牠以哀怨的眼神回看安德烈，居然開口說話了：「別殺我，香人，好人，我會報答你的。」

安德烈嚇了一跳，這蜈蚣，怎麼會講人話？舉到半空中的拖鞋霎然止住。且問牠：「你……你要怎麼報答我？」

「你在島上有什麼願望，只管跟我說吧。離開了這島，我就無能為力了。」蜈蚣說。

安德烈用拖鞋小心地盛起了蜈蚣，但見牠全身長滿了細小的茸毛，上眼簾的黑睫毛特長，無助地掀動著。用人的審美眼光看牠，只覺得恐怖噁心，但換個角度想想，不得不承認造物主把牠生的真完美。這也算造化，你既然和我「臭」味相投，又長得「美」，還能說我的語言，且放了你吧。打開陽臺的門，把拖鞋往戶外的夾

瑪黑島的大蜈蚣。

竹桃一彈，不在意地說：「憑你，能讓我在這島上的一切吃住享樂免費嗎?哈哈哈……」

當天安德烈去完健身房，就領著兩個兒子出海潛水，早上放生蜈蚣的事他早就拋諸腦後了。安德烈跟兩個兒子在珊瑚礁的縫隙中找到了水母、小丑魚、龍蝦和大海龜，跟海龜一族玩了好幾回合的「一二三木頭人」，十分盡興。他們在游艇上用餐，年輕女船長兼潛水教練性感又美麗，把三個大男生哄得很開心。女船長又將他們載到附近另一個珊瑚礁小島，他們在沙灘上嬉戲、浮潛，直到日頭偏西才再開游艇回瑪黑島。回程的海天被夕陽染成絢爛的橙紫色，海風襲來，把一身一頭的鹹水吹乾，三個男生被陽光和海水浸淫了一整天，都累

三個男生去潛水。

了，對和女船長打情罵俏漸漸失去興趣，反倒很想念不愛潛水愛Spa的老婆和媽媽，不知她這一整天在瑪黑島上是怎麼過的。

遊艇大，吃水深，而瑪黑島的沙灘非海港，遊艇無法停泊擱淺，只能於沙灘外五十米處的海底礁石上上錨，再轉划小船回沙灘。告別了性感女船長，坐在小船上眺望五十米外的瑪黑島，氤氳的Resort燈光簇擁著島中央的叢林，在夜色中飄飄渺渺，顯得很不真實。

小船是漆成油亮深棕色的木船，說是小船，其實頗長，船中的橫木板凳把船分成一節節，船身兩邊各伸出數根大槳。船家卻只有一人，天色已暗，卻看得出他是皮膚黝黑的塞舌爾當地人。他穿著蓑衣斗篷，黑暗中只見他雙眼炯炯有神，低沉的聲音說：「歡迎搭乘『水蜈蚣號』，坐好抓緊了，現在退潮，海浪不會把我們推往沙灘，風又大，只能靠我使勁划，只怕水路不平。」

五十米的水路不知晃了多久，安德烈想，欣蒂肯定在擔心我和兒子了，一定怪我們一去怎麼一整天。兩個大男孩已被搖晃地睏倦睡去，安德烈也睏的不行……

醒來的時候安德烈發現他躺在德國家中欣蒂的臂彎裡，欣蒂撫弄著他前額稀疏的頭髮，說他一頭鹹鹹臭臭的，但這個味道她好喜歡，媲美吸食大麻後的欲仙欲死。安德烈把欣蒂再拉近了些，發現她的上眼睫毛特別長而濃密，此時正對他無助又深情地掀動……

欣蒂說：「我有的好消息要告訴你！」她跳下床，興奮地拿著一只拆過的信函給安德烈，邊說邊閃動雙眼：「看到我昨天新植的假睫毛了嗎？」她繼續說：「打開看吶！這是昨晚信箱裡收到的。」安德烈腦中轟轟作響，暈頭轉向，不知是還沒睡醒，還是怎麼了？好像在暈船。他拿著信函，吃力地讀，但除了第一行字「恭喜您！親愛的欣蒂夫人……」，就怎麼也看不懂了，「這……這是什麼啊？」

「上個月我用Pay-back Happy Go卡買了三千歐元的Spa療程，並用發票參加『歡樂大酬賓』摸彩。」欣蒂掀動長睫毛，略略不好意思地說：「我，我贏得了頭獎：免費暢遊塞舌爾瑪黑島七天，五星級酒店，包吃包住，還附贈潛水體驗課程！太棒了對不對？」

塞舌爾的瑪黑島？安德烈覺得暈眩得厲害。

欣蒂起身梳妝，她套上那件緊身的深棕色亮皮洋裝，洋裝的領口和裙擺都是皮製的鬚鬚，擱在門邊、待會兒要搭配一身行頭的高跟長筒皮靴和皮包上也都綴滿鬚鬚。安德烈癱在床上，瞅著老婆更衣，詫異地說不出一句話。

欣蒂看他不起來，就把他的拖鞋遞來床緣，說：「快，起床了！上班前還想上一趟健身房的話，就不許再懶床了。你的運動衫褲我都給你洗淨理好了，上回你穿過的塞在包裡漚著，可臭了。」

安德烈起身，一手拿起拖鞋，拍了一下欣蒂微翹的屁股，「哎呦！別打我，」欣蒂說：「香人，好人，讓我們去塞舌爾瑪黑島吧，在那兒我會報答你的！」

拋錨

聲樂教授雅格娜打電話來，「星期五早上去一趟音樂學院吧，歌劇院的老闆要甄試下一場表演的新秀，打算來音樂學院選拔人才，妳的聲音還行，去試試吧！」

我是在做夢還是什麼？每天在廚房、玩具間、幼稚園、小鎮市集間奔波，尿布奶瓶、雞毛蒜皮的日常生活，在顯微鏡下無限擴大——幫寶式紙尿片漲了二十歐分，哺乳班認識的媽媽口沫橫飛地跟我發牢騷，「什麼玩意兒嘛，這兩天什麼東西都漲價！」收銀臺前邊付賬邊聊天的後果就是，兩歲的老二不耐煩，去店外頭追鴿子跑了，急得我像瘋婆子似的追出去大喊大叫。好不容易擰住了小的，把一手的塑料袋、紙尿片、小孩都塞進娃娃車裡，急如星火地跑去幼稚園接大的。大的一身一頭的沙土，一邊給他穿鞋拉拉鍊，一邊他手上的變型超人還在發射飛彈。蓮娜她媽在幼稚園門口攔住我的去路，說我家老大搶她家女兒的玩具，還扯她頭髮，不可原諒，「請妳好好教育教育你們家臭男生！」

我？歌劇院的新秀？

八個月來，兩個禮拜一次，趁早上孩子送去幼稚園和托大姐姐幫忙，開一個多小時的車去音樂學院修聲樂學分，雖然都是練高音尖叫，詠嘆調的尖叫怎麼都比罵孩子尖叫來的暢快，唱一個鐘頭後毛孔暢通、全身舒坦，從音樂學院回程的路上，邊飆車邊唱，陶醉到好幾次忘了看路標開到夢鄉去了。

沒什麼具體大志，但是非要我承認的話，高音洪亮圓潤的時候，「主婦變巨星」的白日夢還偷偷做過。

下了高速公路交流道，我不忘邊等紅燈邊發聲。早上交通巔峰期，紅綠燈前後都是大排長龍。紅燈變綠燈，我踩油門，引擎發出「轟轟」的低吼聲，可是車子不動，停留在原地，似乎油門和輪軸車身脫了節，任它怎樣「轟轟」地狂吼，車子固執地一動也不動。後面延至天際的車陣憤怒地「叭」我，大家為了我的笨車上不了班、送不了貨、去不了歌劇院試鏡，全堵在那兒。

後面小轎車的駕駛氣呼呼地過來質問我，一看開這臺巨型SUV的竟是個蹩腳的

做夢的女人。

女流之輩，不跟我一般見識，捲袖子罵人的氣燄一下子轉成吊兒郎當的調侃語氣，「小姐，妳拿德國駕照嗎？知道車子拋錨該怎麼處理嗎？」該……該先從行李箱取出「三角警告標示」，架好，擱置在車身後一百米之遠處，並盡力移開拋錨的障礙物。還有，該打電話給交通障礙保險臺ADAC，請他們來拖車。想到我的劇院甄試約定，再看看一路因我而起的交通堵塞，還有我的車……，天旋地轉，該怎麼辦？看我杵在那兒，小轎車駕駛也不煩我了，自顧自找了幾個壯漢一起來推車。一會兒的功夫，車子被吆喝著推到了路邊，大夥拍拍塵土，同情地看著我，發動引擎走了。十分鐘後，車流恢復順暢。可是我，一人跟臺不會動的巨車杵在路邊，一百米外的「三角警告標誌」提醒著眾行駛車輛別太靠近我。

路邊什麼都沒有。這裡是高速公路交流道的出口處，離城鎮還有十多公里，放眼望去盡是荒原，荒原的盡頭是模糊的松樹林。交通障礙保險臺只有語音服務，手機昨晚忘了充電，聽了五分鐘「請稍候，現在忙線中」的電子音樂，趕快關機，免得待會兒沒電了。打電話給老公，女祕書說有重要客戶來訪，會議中，暫不便干擾。試著打電話給聲樂教授，才想到人家甄試已經開始，甄試場所禁用手機，只得作罷。

怎麼辦？口渴，想尿尿！連路人都沒有，只有呼嘯而過的車流。一會兒電話響了，老公回我電話，我急得口齒不清，也講不明白我人和車到底在哪兒。瞎扯了半天，他說好，他幫我打電話聯絡處理，要我站在原地別動，拖車馬上就來。

站在原地別動？那我口渴想尿尿怎麼辦？再看手機，電源已盡，這下我完了！不知等了多久，見遠處似乎是ADAC的車來了，我像淹水的難人找到了浮木，揮手喊叫，直跳到馬路中間去攔車。卡車煞車停住，搖下窗戶，車裡兩個人，一個大鬍子在駕駛座，另一個鼻頭上有顆大黑痣，倒是和氣地問我，有什麼他們可以效勞的？這時我才注意到，卡車後面已拖了一臺金龜車。我報姓名、保險證號碼，「你們一定是我老公打電話叫你們來救我的……」「喔，那個呀！」兩人看似擠眉弄眼，不說是也不說不是。大鬍子的那個說：「可是我們得先送後面這臺車去修車廠，那妳上來跟我們一起去好了，我們車廠會派下班車來拖妳的車。」

我躊躇著，他們該是老公安排的救星吧？往車內張望，見他們車內一整箱的礦泉水——解渴有指望了！且拜託他們等我一下，讓我先去五米外草叢尿尿就來。

「為小姐把風，沒問題。我正好抽支菸。」大黑痣說。

我把我的SUV孤單地遺留在路旁。按下遙控鎖，他「嘟嘟」跟我眨兩下眼睛，叫我安心去修車廠找幫手，他會乖乖在這兒等我回來的。上了陌生人的車，忍不住緊張，竊懦地要了瓶礦泉水。瓶上貼有「Do-re-mi礦泉水」的商標，從沒聽過。渴極了管他的，一口氣灌下，但覺甘甜無比。回過神來，才注意到大鬍子和大黑痣拖車音響裡放的正是「卡拉斯」女高音詠嘆調選粹，大鬍子一臉陶醉跟著哼。此刻播放的曲目〈為了藝術，為了愛〉（Vissi d'arte / Tosca），正是我原預備參加甄試的選曲，太巧了！我興奮地看著二位，大黑痣說：「卡拉斯的完美音色，令人神往，不是嗎？」沒想到上了這麼有古典音樂氣息的大拖車。不是說，愛音樂的不會學壞嗎？原先的驚恐漸漸淡逝，調整一下坐姿，清清喉嚨，跟著唱。從小聲靦腆的哼哼，到丹田運氣，唱到曲終的那個高音B Flat，閉上眼睛，為自己的賣力演唱而動容。睜開雙眼，才發現大鬍子和大黑痣一個拍打方向盤，一個使勁全力鼓掌叫好，睜大了眼睛不可置信地看我，「我們有眼不識泰山，請問女士是哪位著名的聲樂家？」這下我也臉紅了，「稱不上聲樂家啦，沒事唱來玩玩罷了。」「您的高音如此動人，去我們的修車廠就對了！我們老闆最愛搜集女高音。」跟著大鬍子和大黑痣的拖車繞

抛錨。

了不久，但是道路九彎十八拐，加上我被拋錨搞得精疲力竭，失去方向感。我搖搖晃晃聽著夢幻似的歌劇，感覺似乎穿越了荒原跟松樹林，終於抵達修車廠。

跟別家修車廠沒什麼不一樣，這裡也是一地一牆的黑漆油漬，工具架上擺滿了大大小小的鉗子、鋼板、輪胎、各牌子機油……，唯一不同的是，油漬一臉、肌肉一身的修車工人，在牆上不貼裸女畫報，不聽黏不拉几、猥褻的流行Schlager，牆上竟都是歌劇院的演出戲碼廣告，混雜在電動螺鑽聲中的似乎是〈費加洛婚禮〉伯爵夫人和蘇珊娜的女聲二重唱。我急著想找修車廠老闆問派遣拖車的事，現在也沒心情欣賞歌劇了。大鬍子叫我去現場等著，他們老闆正在修車，告一段落就馬上來。現場只有一臺剛剛拖回來的VW金龜車，鈑金斑駁，一工人躺在車下，電光石火地整治著。好一會兒功夫他終於站起身來，注意到怯生生站在一旁的我，放下工具，抹抹油手過來和我打招呼握手，並推開鼻梁上的「工作保護眼鏡」。這哪是什麼保護眼鏡？不是〈歌劇魅影〉裡的半臉面具？「妳好，我是Do-re-mi修車廠的老闆，敝姓特札莫。有什麼可為小姐效勞的？」

我說了我拋錨且被遺留在路邊的SUV，拜託他趕緊派拖車去接。方便的話，租我

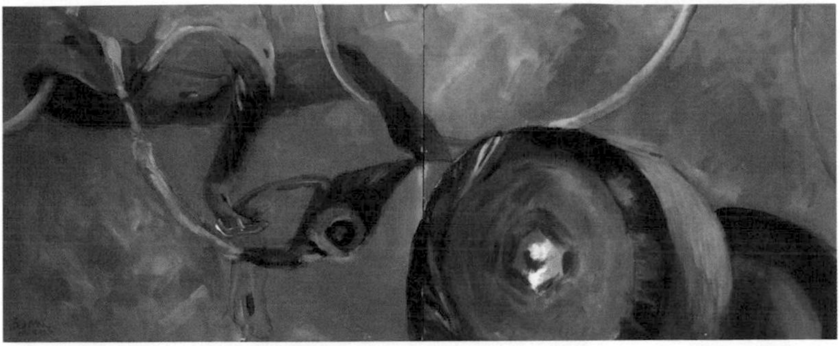

工具室狂想圖。

一臺車讓我開回家，保險應該會給付的。還有，我的手機沒電了，麻煩借用一下貴廠電話，必須跟家人聯絡一下。我的SUV在哪兒？喔，您的員工大鬍子和大黑痣知道的。特札莫先生大方地帶我走入辦公室，讓我用電話。這裡沒有修車的喧囂聲，還是剛才的〈書信聽寫二重唱〉，二位女高音的歌聲此起彼落地從喇叭裡傳來，伯爵夫人唱：「給西風的信，今晚在松樹林裡……」蘇珊娜唱：「啊，在松樹林裡，其他的他會都知道的……」

老公外出拜訪客戶了，女祕書說今天不會再進公司，還說她安排的ADAC拖車打電話來說沒找到我，倒是看到路邊一臺疑似我的SUV，但是駕駛人失蹤了。幼稚園的老師說，沒問題，今天可以叫大姐姐暫時帶兒子回家，等我空了再去大姐姐家接他們。

特札莫先生進來，遞給我一瓶Do-re-mi礦泉水。

「小姐您別急，先喝點水，請把SUV車鑰匙給大鬍子和大黑痣，這一來一往的時間，不知可有榮幸請您給我們高歌兩首？」

「不不，不敢當，我哪兒會唱？」客氣之虞已把Do-re-mi礦泉水咕嚕咕嚕灌下肚。

「大鬍子和大黑痣已經跟我說了，說您歌聲了不起啊。何況，」特札莫先生對著那臺ＶＷ金龜車努努嘴，「歌劇院老闆的車正在我這兒修，他人也剛來了，說今天甄試新秀很失望，竟沒一副好嗓音到場，您不介意的話，何妨試試呢？老闆可是行家呢！」

「我……」真不知該怎麼說才好，現在我可沒唱歌的心情啊。何況，時過中午，除了喝了兩罐Do-re-mi礦泉水，未曾進食，加上擔心緊張了一整個早上，現在頭昏眼花。唱女高音花腔是要運丹田真氣的，哪裡唱得出來？

好像讀懂了我的心事似的，還是肚子的嘰哩咕嚕聲太大，藏不住飢餓，戴眼鏡胖胖的修車廠女職員端了一盤小點心出來。「來，嚐點吧！我們小妹做的雞肉三明治不錯喔。」小妹隔著玻璃窗露出裝了鐵釘牙套的笑容，跟我點點頭。「這怎麼好意思呢？」說歸說，還是抓了兩個三明治，大口咀嚼。

還未嚥下最後一口三明治，只見修車臺上的車子已被移開，取而代之的是不知從哪兒推出的三角鋼琴。灰白頭髮的男人接過特札莫先生遞給他的鑰匙，視察了一番他剛修好的金龜車，把車鑰匙擱進口袋，往鋼琴前坐下，眼神傲慢且略顯不耐，「曲目？」

「嘎？什麼？」我不解。

「我說妳的曲目是什麼。奇怪了，今天怎麼老碰到這種搞不清楚狀況的歌手？早上來音樂學院甄試的那些人，也是一個比一個短路。」男人說。

幸虧特札莫先生帶著《歌劇魅影》的面具出來為我解圍，「這位小姐也是本修車廠的客戶，聽同事說，她音色很好，才請大師過來聽聽。這樣吧，瞧在我的面子上，就唱魅影和克莉絲汀的激情二重唱〈*Angel of Music*〉」。不容我分說，鋼琴前奏已開始，修車廠頓時燈光晦暗，只有停在一邊的金龜車開了大頭燈當Spotlight照著我們。

旋律節拍讓我不能自己，琴聲和男低音像心跳的節奏震動我每一根神經，完全忘了身處何處。男聲獨唱悸動鼓舞著我，唱吧，唱吧！終於被情境全然震懾掌控，魅影操縱著我的聲帶、思緒，我不再是我……最後的高音，既強烈又纖弱的震顫，克莉絲汀已無法自主地癱在魅影的懷裡，魅影魔法的手愛撫著她的頸項。等到餘音漸逝，克莉絲汀才忽地回過神來，嚇了一跳，「我」怎麼會在他懷裡？特札莫先生扶我站直，跟我行了個紳士禮。灰髮男人話不多，只是沉默地點頭。「嗯，下一首」。

觀眾席裡似乎有大鬍子和大黑痣。理智閃過腦際，是不是他們把SUV給拖回來了？想趕快擠去人群中抓住他們問一下。誰知戴眼鏡的胖胖女職員遞給我一罐Do-re-mi礦泉水，要我潤潤嗓，下首她要跟我合唱費加洛婚禮的〈書信聽寫二重唱〉。

「可是我，我想去問個問題……」我急著要走，餘光極力從人群中尋找大鬍子和大黑痣。

「先喝杯礦泉水吧！想知道答案就得唱。」我不置可否地吞了兩口水，不懂胖職員在說什麼，她知道我要什麼答案？杯子還拿在手上，鋼琴前奏又開始了，對稱的三拍旋律，從容地引領著我，一小節一小節地將我炫惑，自己在這兒到底要幹嘛？我唱〈女僕蘇珊娜〉，第一句開頭就輪我「給西風的信……」二女高音的和聲，重疊

與母親范宇文教授合唱費加洛婚禮中的〈書信聽寫二重唱〉。
攝影：鮑志宏

又盤旋，繚繞再繚繞。清亮的繚繞盤旋中，修車廠的燈整個亮了起來，克魯賓（Cherubino）、費加洛（Figaro）、巴托羅（Bartolo）、馬賽麗娜（Marcellina）和好色伯爵阿馬維瓦（Almaviva）也都粉墨登場，剩下的人也穿上燕尾服，用鉗子、鋼板、鐵絲、機油瓶罐組成了樂團。我是誰？我在哪兒？這是音樂學院的甄試場？還是我已經成了下場劇碼的新秀？那個唱巴托羅醫生的看似面熟，是……大鬍子？女扮男裝的克魯賓不是做三明治的小妹嗎？她的鐵釘牙套！我隱約記得什麼……，可是我的音色多美啊！連自己都陶醉。喔，哺乳班的媽媽吹著打氣筒黑管，蓮娜的媽媽拉著輪胎大提琴……，大家都來了，不對，那個唱蘇珊娜情敵的馬賽麗娜怎是……是老公的祕書！那個女人怎會在這兒？除了把老公的開會、拜訪客戶行程搞得倒背如流，她還會什麼？她怎配《費加洛婚禮》？

蘇珊娜唱：「在松樹林裡，其他的他都會知道……」

伯爵夫人唱：「在松樹林裡，其他的他都會知道……」

重疊又盤旋，繚繞再繚繞。女祕書的臉分了我的心，氣岔了，口乾舌燥，趁著間奏想再喝兩口Do-re-mi礦泉水，伯爵夫人卻把水瓶拿開，深深注視蘇珊娜——我的眼睛，再唱：「在松樹林裡，其他的他都會知道……」

答案！答案在松樹林裡。那個彈鋼琴的男人——歌劇院的老闆，會選中我當下一季的新秀吧？他彈得正意興昂揚，第三幕序曲響起，鐵絲小提琴，油瓶法國號，一一顯身手。我踩著舞臺步伐，邊唱邊擺腰肢，靠向鋼琴，從他西裝外套口袋裡取出車鑰匙，奔向金龜車。發動，踩油門，駛向松樹林。

松樹林外的荒原道路邊，SUV必然還在等我。老公安排的ADAC拖車一定會趕來救我的。

答案就在松樹林裡。

偏頭痛

頭痛，腦子一漲一縮的，右眼的瞳孔後面似乎是疼痛的根源，特別是彎身撿東西的時候，覺得頭漲得幾乎抬不起來了。我幫兒子換了軟布鞋，要他跟媽媽貼面香一下，他手中握著戰鬥機，虛應故事地把臉側過來給我親一個，就跑去丟炸彈了。從幼兒園的大門出來，陽光刺眼地驚人，頭痛更劇烈，我只想找個黑暗的棉被窩鑽進去，但是怎麼辦呢？這一天還有好多的事得做。我掏出汽車鑰匙發動引擎，皺著眉倒出停車位，頭痛痛得對遠近距離完全失去了判斷力，只知道大街上陽光大刺刺，停了幾臺車，實在沒什麼交通流量可言。一手死按住眼凹處的穴道，一手換擋打方向盤，突然，一個失神，「碰」的一聲，我的SUV車屁股撞上了什麼？

完了，心一沉，闖了什麼禍？我趕緊停車下來探勘。是撞到了停在對街的福特，但似乎撞得不重，我SUV仗著高大，車後的保險桿只沾了點灰，用手指揩兩下就沒痕跡了。至於那臺深藍色的福特，陽光下鈑金熠熠生輝，看不出什麼明顯撞痕，我頭痛無法彎身作進一步的檢查，僥倖地想，應該沒什麼事吧。有點心虛，眼看左右沒人，趕快跳上了車。什麼都不管了，回家吃藥睡覺去吧。

回家吞了止痛藥，關上門窗靜躺片刻。半個鐘頭後，肯定是止痛藥見了效，比較能移動頭部了，雖然仍覺得有點頭重腳輕。

想到上網查有沒有什麼治頭痛的偏方。輸入了關鍵字「Migräne（偏頭痛）」，一下子出現一大堆網站，上百上千的頭痛病患分享他們的病情和療方，提供專治頭痛的另類療法、芳香精油、針灸按摩……不計其數。有人建議每天喝極濃縮的Espresso配新鮮檸檬汁，有人建議節食，只靠喝紅根汁加芹菜汁過活，或者，空口咀嚼小茴香或丁香，真是用想的就倒胃。一頁一頁的網站打開來看，感覺到地球無情地運轉，無數顆腫脹龜裂的頭顱也被拖著跑，而在我脖子上的那一顆最痛！

然後，我打開了一個網站「偏頭痛徵畫比賽」。請參賽者把頭痛的感覺、徵兆、心情……用色彩線條畫下來，材料大小不拘，並於×年×月×日把繪圖影像傳送到以下電郵址：migraeneexperten@xxx-xxx.com，入選作品將在網際畫廊參展，並付獎金。

眼看截止日期尚有一週，而目前已參賽的作品大可供人點閱。縱然頭痛仍在隱隱抽搐著，還是點開幾張「頭痛作品」來觀看。有人畫得抽象：一團淤泥，淤泥中彷彿是一個待爆的定時炸彈；有人畫得具象：瘦弱男人的畸形頭殼被虎豹豺狼踩在腳下蹂躪。有人畫了一片藍紫茫茫，茫茫的中間散布著灰白灰黑的色塊，說不出是什麼。於是我開始翻出色筆紙張，著了魔似的動筆開畫。其他行事曆上該趕場的約會一下子變得輕如鴻毛，眼前舉足輕重的只是把我的頭痛畫出來，或者說，我的頭痛逼著我把它畫出來。晦暗的膨脹首先不由分說地跳到畫紙上，然後是糾結不清的線條，把晦暗的色塊紮在一起，又扯裂撕碎。哪兒跑出來的惡作劇小鬼再猛踢猛踹一番，抽象中似乎漸漸出現了具象：一屋子散亂、來不及整理的積木、小汽車、玩具，中間還有破碎糖紙、吃完未扔棄的優酪乳塑料盒、洗完未理待熨的襯衫、內衣褲和襪子、小朋友的慶生Party、氣球、彩帶飄滿了一整個房間……

畫著畫著，頭痛離開了我，全跳到畫紙上去了。畫紙上盡是汙濁混亂的塗抹，看起來一副傷腦筋的模樣。我拍了照，把影像傳到徵畫比賽的電郵網址。仔細看了一下，其他參賽者都用「頭痛藝名」報名，像什麼「餘震地帶」、「故障大冰

說不出是什麼的頭痛感覺。

箱」、「煩心刺蝟」……等等，我想了一下，在參賽者姓名欄中填入「走音Disco」，如果我頭裡面掛個霓虹燈招牌，專門吸引不按節拍扭動的遊魂舞棍，混著破鑼爛鐵的重金屬搖滾、飆不上去的女高音嘶喊，大概就該這麼叫吧。

下午從幼兒園把孩子接了，拖著兩隻精力旺盛的小猴子去買菜，一隻坐在購物車裡，一隻牽在手上，一上一下還是鬥不完的嘴。提了大包小包從超市出來，小兒子問：「媽媽，妳看，停車場上有警察耶，他們在幹嘛呀？」是啊，警車的巡邏燈仍閃爍著，穿著制服的兩位警員斜倚在車邊，一個講著對講機，一個翻寫著他的

餘震地帶的作品。

記錄簿。我說：「喔，警察叔叔是在管理治安，看看有沒有壞人在此地出沒。」我拿出了汽車遙控鎖，「嗶嗶」兩聲把我的車子喚醒，兩位低頭的警察似乎也被喚醒了，他們的警車居然就停在我SUV的旁邊。看著我牽著孩子走近，警察的目光緊盯著我，終於，他們衝著我開口了：「您是這輛車的車主？」我詫異地點頭，「請出示您的駕照行照。」我照命令行事，他們又說：「今早您是否在拉得弗路上撞到停在路邊的一臺深藍色福特？肇事後眼看四下無人就不負責任地逃逸？」

「我……」我嚇得手腳發軟：「是的……可、可是我有下車來檢查，確定沒事才開走的。」

「提供線索的赫特先生也是這麼說的，他說您下車來看了看。赫特先生住在拉得弗路十二號，整個撞車過程他都從他家二樓的窗戶內拍攝錄影下來。福特車車主哈瓦德先生之後發現了他車子的右後門下方凹陷一大塊，在鄰里間到處詢問有沒有人看到是誰撞了他的車。赫特先生出面提供線索，他記錄了您的車型車號，又播放了您的撞車實況。說真的，這麼空曠的大路，天氣又晴空萬里，您是怎麼開車的？怎麼會直直地把車倒撞到停在路邊的車？」聽他說得，我恨不得找個地洞鑽進去。

他又說：「我們花了若干個鐘頭，從檔案中找出此車號的註冊車主。十五分鐘前有同事恰巧看到停車場上停了我們正在找的SUV，我們就站在這恭候您的大駕了。」

「媽媽，」兒子問：「妳就是警察叔叔要抓的壞人嗎？」

天啊！我真的就是警察要找的壞人嗎？這個世界真是法網恢恢，連小蘿蔔頭如我，開車倒個車都會被陌生人攝影記錄，太恐怖了……

頭痛又回來占據我。警察接著說，車子的損壞修理費用會由保險公司負擔，但因我肇事逃逸有憑有據，而福特車車主哈瓦德先生既然報案，現已作為刑事案件處理。我這個「被告人」也已經遭逮獲，在法院判決以前不得遠行，請回家靜候法院訴訟出席通知吧。

我這個「被告人」，曾經立誓要在遙遠的歐洲做一番事業、光宗耀祖，怎麼會淪落到如此下場？為了懲誡自己，也為了保持清醒，開始嘗試喝濃縮兩倍的Espresso加檸檬汁，或捏住鼻子，吞嚥現打的紅根芹菜汁，實在憤恨不已的時候，就拿出色筆來，再畫頭痛圖，圖裡有上了手鐐腳銬的階下囚女人，一臉空洞地被關在喧囂的「走音Disco」監獄裡。畫完了管他截稿日期是否已過，全寄去參賽郵電網址，我甚

至不再感興趣別人畫了什麼，何時公布得獎名單也完全無所謂。

然後，法院通知來了。一個禮拜後下午三點請攜帶身分證出席梭林根的地方法院開庭。法院建議我也找一位個人辯護律師同行。

我的辯護律師布萊德八戶先生身高估計超過兩米，體重大概超過一百五十公斤，肚圍大到我覺得抬頭仰望他時，只看得見龐大肚圍而看不見律師的臉。也或許，我羞慚到根本不敢抬頭望他的臉。他說他想瞭解一下事情發生的前因後果。我說，我知道我錯了，但是，那天我嚴重地偏頭痛。陽光又刺眼到我完全是失去了辨識遠近距離的能力。

被囚禁在走音Disco的女人。

「啊，您有偏頭痛啊？」他銅鑼般的質問忽然轉為低音大提琴的溫柔感性。

「是的，而且出事當天痛得特別厲害……」我囁嚅地為自己辯解。

「這真是個棘手的病症呢！我個人也身受其病之害，頭一痛起來，真是什麼事都做不了，更別說開車了。」想不到巨人布萊德八戶先生也和我同病相憐。他想了一下，從手提箱裡翻出了一份什麼文件傳單交給我：「有空的話，可以試試這個治療中心，電話地址網頁都印在上面，您可以看看。」我像接過聖旨般恭領傳單，然後他拍拍大肚子，說：「那，我們下禮拜法院見。」

我不經意地翻看傳單上的字樣：「協助您改進您的飲食作息、舉辦定期小組談話治療、檢驗您身體的酸鹼度……有興趣者，請洽……或郵電：migraenexperte@xxx-xxx.com」，天啊，這個電郵網址怎麼如此面熟，過去這一個禮拜來，我已經傳了數幅「走音Disco」的繪畫作品過去。

我決定跑一趟傳單上的「偏頭痛治療中心」。治療中心就在梭林根，離兩天後我就要接受法律制裁的地方法院不遠。我嚥下喉頭中苦澀的紅根芹菜汁之餘味，堅強地走過地方法院大門，隔壁的那一棟樓就是「偏頭痛治療中心」。推門進去，只見裡面的門上掛了一個牌子：「診斷中，請稍候」。旁邊的一排長板凳上只坐了一位瘦小清癯的男人，於是我也坐了下去。

男人斜過頭來瞟了我兩眼，嘆了口氣，說：「您也來了呀？還是開那臺SUV嗎？」

「是……是的，您是？怎麼您認識我？」我著實嚇了一跳。

「喔，不好意思，敝姓赫特。」他伸出手跟我相握：「那天我站在二樓家中的窗口，手拿攝影機，把您倒車撞車的經過全錄了下來。後來，哈瓦德先生到處打聽有沒人看見是誰撞了他的福特車，我就把帶子提供給他。」原來是告狀的那廝！

「可是，您為什麼那天會正好站在窗口錄我的撞車實況呢？」

「唉，偏頭痛的病患總是太主觀，覺得自己的煩惱無止無休、處境山窮水盡，世上怎會有人更慘？直到腦細胞承受不了，神經搭錯線，就讓你痛個呼天搶地哇哇叫。」他答非所問地說。

「喔，您也偏頭痛？錄我撞車就會比較不痛嗎？」頭痛的偷窺狂大道理倒不少哩！

「是啊，我從頭痛那裏學來的一課就是：要學會置身事外，學會觀察。觀察周遭其他人事物的運作，甚至能做到旁觀自己的『痛』。痛是痛，你是你；痛不是你，你不是痛，力量就出來了！這要靠修煉啊！」

他講得很玄，可是我好像懂了點，「所以，」我問：「您錄影是為了練習觀察？而我正好被您觀察到？」

這個時候，護士打開診斷室的門，呼叫：「下一位，赫特先生。」

赫特先生起身離開長板凳時，又掠過頭來跟我說：「祝您好好觀察！後天法院見，我是出庭證人喔！」

我有點等得不耐煩，又覺得事有蹊蹺，起身到處轉轉，看到長廊盡頭的一個門上牌子寫著：「資料處理室」。我且推門探頭瞧瞧。但見偌大房間內置滿了機器，四面牆上都是大型電腦螢幕，螢幕裡畫面不斷轉換。畫面裡什麼都有，有森林裡的弱肉強食、有城市裡的交通擁擠、有沙漠風暴、有海嘯地震……畫面的底部都附有文字記錄。匆促的片段閃過，似乎是我那天從幼兒園出來的撞車實況錄影，嚇了我一跳。忽然，畫面轉成圖畫，無數幅繪畫作品，而且，居然還有「走音Disco」的頭痛作品！底下的文字記錄是：×月×日下午三點梭林根地方法院！

我衝出「偏頭痛治療中心」，先撥布萊德八戶律師的事務所號碼。他一接電話我劈頭就問：「你到底介紹什麼治療中心給我？為什麼他們的資料處理室裡有『走音Disco』的繪畫作品？為什麼他們知道我法院的出庭日期？」

「是您哪？您不要擔心，我一切都為您準備得很好，我跟哈瓦德先生談過了，他也很同情您的偏頭痛病症，他自己也痛了好多年，後來去了一趟『梭林根偏頭痛治療中心』就好了。而且他的車子沒什麼大礙，也同意撤銷告訴，後天出庭只是一個形式，我估計法官只會跟您曉以大義一番，就沒事了。」

「謝謝……可是，我不是在跟您說這個，我是說……」

「您的頭還痛嗎？好多了吧？」我握著電話想，是的，一點都不痛了，是Espresso配鮮檸檬汁，還是紅根芹菜汁奏了效？還是……

「您的畫畫得真不錯呢！告訴您一個祕密，上帝有的時候也會頭痛，祂也在不斷的訓練自己：只觀察，不介入！不然祂頭要是痛起來，可不是開玩笑的，哈哈哈……」

「哈哈哈……」我莫名其妙地跟著傻笑。

「您不要擔心啊！我們後天三點法院見！」

兩天後我居然坦然出庭，生平第一次（希望也是最後一次）做「被告人」。我告訴自己，「觀察！」，就像在家看電視裡的《Boston Legal》的出庭場景一樣。沒想到大家都對我很好——沒有辯才無礙的律師硬要說服陪審團判我「有罪」。事實上，根本沒有陪審團。慈祥的法官大人這樣作了結尾語：「誰都可能會一時失神，念在她當時身體不適，又是初犯，且肇事不嚴重，當事人也都願意言歸於好，本庭決定不做任何懲處。」然後在場的警員、記錄、證人赫特和受害人哈瓦德先生都主動來跟我握手。

布萊德八戶律師跟我擠了下眼睛，離開法院的時候，他搖下車窗交給我一個信封。

「無罪釋放」的我怔忡地站在法院門口的階梯上打開信封。裡面是百元歐元禮卷，恭祝「走音Disco」榮獲頭痛繪畫比賽頭獎！

頭痛的被告人。

黃瓜與蝸牛

六月，夏季開始了。第一個引人注意的新聞就是EHEC大腸桿菌導致的嚴重腹瀉，三十幾個人已不幸死亡。電視新聞、報章雜誌的頭條，除了說這事，沒什麼別的大事。據說，這病源起於西班牙進口的有機黃瓜。西班牙的蔬果農這下慘了，何止是黃瓜，只要是西班牙進口的，誰也不敢碰。醫療專家又繼續尋找別的可能病根，可以肯定的是：病菌寄生於蔬菜。所以一夕之間，沒人敢吃蔬菜了，素食主義者全都回頭吃肉。黃瓜的命運最慘，管它是西班牙還是哪兒來的，成噸成山的淪入傾倒場，我在電視機前都看著痛心，就別說辛勤的瓜農了。

在這同時，我家後院瓜棚裡的黃瓜也成熟了。先是細細短短的，不要幾天，就粗大結實，而且搶著長大，多的驚人。

看完了電視上傾倒黃瓜的鏡頭，天空忽然打個大雷，接著就烏雲密佈，劈裡啪啦的下起雨來。我冒著大雨衝進院子裡溫室瓜棚，想想我家的黃瓜自個兒種的，總不會有什麼大腸桿菌吧。天空下爽了雨，又放放晴，抱著黃瓜回屋的時候，居然出太陽了，屋簷還滴著大粒雨珠。

我拍切著黃瓜，用鹽抓抓，出了水待會兒涼拌。泥藻區特有的無殼蝸牛也相約鑽出來，慢吞慢吞、黏答黏答，往我家後院的溫室爬來。

第一個亮起眼睛的是後院的櫻桃樹，這麼晴晴雨雨的交替，嫩枝一一下垂，拎著成串的紅櫻桃，閃著警示燈。溫室裡的紅蘿蔔也把自己撐得胖胖的，探出土來，你擠我推地互相警告：小心，蝸牛來襲！

然後，電鈴大作，是園丁歌那德先生。我從廚房的窗戶瞟見了他，就想，這下又得聽訓了。

園丁歌那德早就退休了，他是公婆那個年代的小鎮園藝大師，現在園藝公司由兒子繼承，自己可以享清福。公婆在世時，托他在院子裡造了個壓克力溫室屋，溫室屋外的各式桃李果樹也是他二十年前栽的，現在欣欣向榮，蔓天蔓地橫長，若不定期修剪，像這樣溫熱的時晴時雨，要不了幾天，枝葉就可把我家半邊屋子給吞噬了。公婆過世後，我們繼承了這房子，花了將近兩年的功夫，把老人家住了大半生的家當理清楚，重新隔間砌牆，去年年底，終於大致完工，搬進來住。入春後園丁歌那德主動來問我，打不打算繼續經營溫室屋，他反正閒著沒事，很願意做我的種菜顧問，我大喜過望，稱謝不已。

從此以後，歌那德一天中少說三番兩次地抱了種子菜苗來按門鈴，興致高昂、無比熱心地要教我種菜、施肥、灑水。一旦蔬菜長成，早晚不知耳提面命多少遍，要收成！要收成！要吃！要吃！如果週末進城餐館裡打打牙祭，少收成了兩餐，他馬上注意到，對我諄諄教誨說道理，說外面餐館賣的，怎麼能跟自家溫室院子裡種的比？少了多少維他命，多了多少化學肥料、變態基因接種……云云，我總是點頭稱是，他的好意縱然無限感激，這下卻多了樁麻煩——蔬菜產量一多，來不及送人，來不及消化，歌那德拉著長臉又來教訓人，還不如想吃多少，去超市買就是了。

大黃瓜。

我打開門，歌那德一臉急切地抱了四支大黃瓜。

「庫恩太太，黃瓜成熟了，又綠又鮮，好的不得了，您要吃啊！瞧，我這兒已幫您先收成了四支。」

「謝謝！」我勉為其難地收下來。「麻煩您了，我剛剛已經自己去採了兩支，這會兒不正在涼拌呢！」想想拿這四支多出來的大黃瓜該怎麼辦。天天吃，餐餐吃，還真有點膩，何況剛才才在電視上看了山山谷谷的傾倒黃瓜，實在有點倒胃口。想想，一根切薄片來敷臉，其他的拿去分送鄰居吧！

沒講兩句話，善變的天空又下起傾盆大雨，泥土被淋得鬆軟，無殼蝸牛呼朋引伴，成群結隊地往地面上竄，馬路上被汽車輾過的不計其數，黑黑黏黏地攤死在一團。但是，更多的，數不盡的，正在糾結聚集，往我家溫室屋緩緩爬來。

第二天，歌那德又來按電鈴，這回他手上抱的，可不止四支，而是一整箱滿滿的黃瓜，少說七八十支。他眉頭皺得可深了，說：「庫恩太太，慘了，蝸牛害啊！溫室的蔬菜都叫這些軟趴趴黏兮兮的畜生給啃了，我先把這些黃瓜給拯救了來，其他的，唉，真是糟蹋啊！」我家的有機溫室自然不撒蟲藥，現在蟲來了，還真是束手無策。

我自個兒去溫室裡看看，也是觸目驚心，幾乎每片葉子上都抱了隻無殼蝸牛，認真專心地啃食著。實在不知從何趕起，去廚房找了根拔雞鴨毛的夾子，一隻一隻地夾起來，擱在大簍子裡，再往外丟。夾不勝夾，而且極其噁心，索性放棄。進屋前，摘了一把沙拉葉，給我家的金絲雀加菜。

誰知沙拉葉裡面已經有了幼小蝸牛，我家金絲雀叼起了小蝸牛，「咻」地一吸，吞下了牠生平第一口葷食，然後僵愣在那兒，險些給卡在喉嚨裡的葷菜給噎死。

我瞪著歌那德送來的一大箱黃瓜，怎麼辦？左思右想，從儲藏室找出帶滾輪的大皮箱，把黃瓜全裝進去，再使勁搬上車子行李箱，帶個小凳兒，寫張牌子，「自種自摘，好吃鮮黃瓜，便宜賣！」且運進城裡做賣瓜女。托EHEC大腸桿菌的福，鄉親父老久久不敢吃黃瓜，現在鎮裡形象不錯的女高音聲樂家出來賣瓜了，而且賣瓜歌還是自己唱的，改編自莫扎特歌劇《女人皆如此》的〈黃瓜皆如此〉。品質怎麼講都比農會批發進口的來的可靠，三兩下黃瓜就賣光光了。

天氣繼續濕暖，溫室裡的蔬菜繁殖、蝸牛群都充滿了生命力，比賽著誰先撐死還是吃死對方。我家方圓百里之內縱然還沒半例大腸桿菌罹患者，但媒體孜孜不倦地再再報導：北德已死了二十九人，南部黑森洲已出現第一枚死亡例，低薩克森省死了個兩歲幼兒，慘不忍睹的畫面重播再重播。小鎮人心惶惶，人人見面就互相提醒「要活命就別吃菜啊！」肉店、乳酪店的生意愈來愈興隆，蔬菜經銷商各個愁眉苦臉，「這日子該怎麼過下去啊？」

森林藻澤區特有的無殼蝸牛。

歌那德一天興沖沖地來了，他聽了個治蝸牛害的偏方：啤酒。殊不知，這些個濕黏的無骨敗類都是嗜酒之徒。歌那德準備了大碗數只，碗內盛滿冒泡香醇的德國啤酒，晚間入睡前分置在溫室內外，我跟在老園丁屁股後面有樣學樣。最後的一碗拿在手，歌那德說：「庫恩太太，這蝸牛一役，和您並肩作戰，實為老朽平生之幸，但願今晚啤酒戰略一舉殲敵，老朽先乾了！」

「喔，乾了！」我拿起地上的，本來要給蝸牛喝的大碗也跟著乾杯，覺得豪情萬丈。

次日清早，一碗碗滿溢的醉蝸牛，不省人事地癱在啤酒池裡，你壓著我我壓著你，慘絕人寰的場面猶勝電視上大腸桿菌滋生禍害。不是沒動過腦筋，這下把醉蝸牛裹了麵粉油炸，又可唱首〈蝸牛皆如此〉的詠嘆調去城裡賣了。只礙於油炸攤子投資太複雜，夏日炎炎，醉蝸牛尚須冷藏保鮮，只得作罷。

雨季顯然是過了，氣溫連日飆高，豔陽高照下，動作慢的無殼蝸牛一隻隻不用車子輾，自己在驕陽下被烤乾烤焦。身後留下一條細長晶亮的黏液。黏液歪歪曲曲用蝸牛語地寫著：「同胞們，小心E~ΨC啤酒碗菌！庫恩溫室裡已犧牲上百條弟兄性命。要活命，就只吃菜，別喝酒！」

我的麋鹿朋友

按照德國的習俗，十二月六日聖誕老公公就來了，孩子們把襪子掛在門外，期盼第二天早上起來找到禮物。所以拉雪橇的麋鹿這兩天特別忙，除了拖著裝滿禮物的雪橇滿天飛奔，還得耐心得地等待應酬不完的聖誕天王老人到處作秀，上鏡頭的卻都是那臺Aston Martin007雪橇，實際上麋鹿司機駕駛的仍是卡片上那種純鹿蹄工原始製造的，麋鹿們說：「維修零件現今很難找了，而全球暖化造成的飄雪不均勻現象使雪橇特別難

駛，如今年輕一輩的麋鹿們，只會操縱joy stick，拉電腦雪橇，吃不起這種飛奔送禮物的苦啦……」

偏偏這苦差事既不發便當，公共場所又禁止抽煙，這兩位麋鹿雪橇司機等得無聊，估計攝影棚裡聖誕天王老人正被粉絲圍著簽名獻吻走不開。他們跟我閒聊了半晌，這年頭經濟不景氣，混口麋鹿飯吃也不容易。說著咱們就交換了一下聯絡資料，說好在臉書上先做個朋友。我家兒子的巧克力他們保證準時送到，到時候再聊。

話說昨天白天跟兩位麋鹿司機聊了兩句，晚上臉書上就加他們做朋友了。瀏覽了一下麋鹿家族的塗鴉墻，也跟我的新麋鹿朋友寫了幾封私函，才知道混這碗麋鹿飯吃還是真不容易。

首先，雪橇司機根本就是麋鹿族裡的空服員，一天到晚都在飛來飛去、調換時差。一般不拉雪橇的麋鹿族群秋末就開始籌備冬眠了，而這些「Santa雪橇學院」畢業的高材鹿生們，整個十一、十二月都不得休息，更別說冬眠了。

直到上個世紀初，他們的服務範圍仍只限於歐美，而如今全球化效應，造成全世界的孩子都在期待聖誕老人的禮物；近十年來要當麋鹿雪橇司機的選修科目還多了中文，因為大部分便宜又質量soso的禮物都是Made in China，讓各地省錢的父母對中國製玩具趨之若鶩，存貨量供不應求。為了去中國下單、取貨，交易之間會中文的麋鹿特別吃香，升等升得比其他鹿都快，去年那隻拿到「魯道夫基金會」年終特獎的，就是那隻講了一口標準中國鹿語的挪威鹿（後來才知道他討了隻中國母鹿為妻）。當然，近年來中國北方的麋鹿為取得聖誕國的綠卡，不知有多少麋鹿父母，自己省吃儉用、託關係、走後門，就為設法千里迢迢送年紀幼小的麋鹿出國，擠破頭也要擠進「Santa雪橇學院」，跟歐美鹿爭一口送禮物的飯吃，就連非鹿族，如狐狸、驢子、狼狗……都想辦法把自己裝扮成麋鹿，就為了能「出去」（唉！）。

Santa雪橇學院畢業典禮。

畢業典禮上，一頭頭麋鹿各頒贈一頂Santa紅帽，並在聖誕樹環繞的大廳內用餐，唱校歌"Rudolf the red nose raindeer, had a very shiny nose..."得到正式的「雪橇司機」頭銜。那些中國來的麋鹿畢業生總把這張「戴聖誕紅帽、吃大餐」的晚宴相片寄回中國所剩無幾的森林鄉親（很可惜，中國麋鹿上臉書不容易，許多鹿也不擁有eMail帳號，所以照片仍靠傳統郵寄），在中國的鹿老們不知有多羨慕、多嫉妒！暗歎待在老家，唉，遲早要成為藥酒裡的鹿茸……

對了，我的麋鹿朋友在私函中還附了一份〈Santa Claus學院招生簡章〉給我。是的，Santa也早就不一個人忙著送禮物的苦差事了，他到處作秀、登臺、為卡片、包裝紙和ＣＤ封面做Model都排不出檔期了，哪有力氣親自滿天跑送禮物去？其實賣力的都是Santa學院裡訓練出的Santa新血。據說德國是少數徵收女性Santa的服務區，近期的德國版《花花公子》還以戴紅帽的裸體嬌豔Santa打廣告，這些女性Santa的送禮物範圍多為消防隊的救火員和遠在阿富汗還未撤軍的阿兵哥。我住在德國，又會中文，很有優勢，若是願意徵選，麋鹿阿哥說他可以幫我寫推薦信，日後說不定能載我一程。

丘丘和Cindy

丘丘

我是土撥鼠「丘丘」，已經兩歲半了（媽媽說我正值棘手的青春期），再過半年，我就正式成年，可以搬離媽媽的洞穴，去外面找群大小老婆，自己鑽洞成家。其實，我覺得根本現在就行了嘛。瞧我，長得又高又壯，同窩的兄弟姊妹們就屬我最帥、頭腦最靈光。百米外的亂石堆底下是另一窩土撥鼠，我和兄弟們昨天調皮跑遠了些，跑到他們的地盤去了。那窩的小姑娘們各個探出頭來對我們張望，我就刻意耍耍寶，表演倒立，惹得她們吃吃笑，那隻栗毛摻白耳毛的小妞鼠長得最俊，我想，先逗逗她，混熟了半年後且討她作大老婆。我弟弟「挖挖」向來膽小怕事，拉著我說該回

家了，他總是把「媽媽說的……」或「你完了，我告媽喔……」掛在嘴邊，超遜的！我故意狠推了他一下，去告啊！誰怕你？然後大搖大擺走向人家地盤。我打算採兩朵他們洞口的高山小野菊，一朵送給小妞鼠，一朵帶回去炫耀炫耀。

結果是，被那窩的大哥帶著弟兄揍了一頓，連踢帶踹地趕出洞來。這沒什麼了不起的！擦去了一點毛皮方顯示我的剽悍不羈，男人的世界本來就是這樣：勝者為王，敗者為寇。我還有半年才正式成年，現在先練練，多跟人家較較勁，還怕半年後不能舉洞稱王、妻妾成群？

但是倒楣，挖挖已經跟媽媽告了狀，所以現在被媽媽罰，兄姐弟妹們都能悠哉地扒山藥吃石苔，就我，一面給自己舔傷口，一面還得為媽媽肚子裡快臨盆的弟妹們鑽洞，她需要新的嬰兒房。

這兩天山上陰雨，土石被雨水淋得疏鬆，很難把洞壁撐緊，我鑿了半天的洞，不一會兒又坍了下來。我又氣又累，索性不鑽了，憑什麼媽媽每次就看我不順眼？我偏不照她的話做！跳上地面站在石土堆上，且看那些氣喘吁吁的健行登山隊的人們，踩著亂石短草路過。他們看到了我，就興奮異常地拿出一只方方黑黑、帶圓管狀鼻子的東西，對著我「咔嚓、咔嚓」猛按。就那個黑髮塌鼻杏眼的女人，連忙掏出一只前端帶毛的長樹枝，張著嘴、瞅著我，在她的白本子上倏倏地畫。

Cindy

我到了離家七百公里外的阿爾卑斯山上，參加寫生健行隊（Aqua Trekking）。誰想得到七月中的高山上竟然這樣陰雨寒冷。背包中的畫具、寫生簿，還有飲水、三明治壓得我雙肩沉重，兩千米以上的高山已不見森林，只有亂石和短草、青苔，偶爾甚至能見這兒那兒一灘灘未溶的白雪，再往高處走，就是終年不化的冰川。

隊友都是奧地利和南德的巴伐利亞人，操著我似懂非懂的饒舌方言，而且都是登山老鳥，各個設備齊全，對野草山花如數家珍，遠望綿延的座座山峰，點名似的說，這座我攻過頂，那座也攻過頂。我小心踩著陡峭艱辛的山路，沉默地跟著隊友往上攀。停下來抬頭遠眺的時候，山嵐氤氳、層層峰巒美的叫我喘不過氣來！

我的健行鞋品質不良，陰雨中走不了多久，鞋面鞋底滲水不已，襪子腳趾全泡

（上）七月的山裡仍是一灘灘的白雪。（下）健行者踽踽獨步於山嵐氤氳之間。

在水裡，一步一「啪唧」。正愁著鞋襪，隊友突然輕呼，噓，看！土撥鼠。說著一個個停步，從懷中取出相機，對著亂石短草叢中朝我們發怔的土撥鼠扣下快門。

我則取出畫筆，也朝著牠捕捉神韻。牠倒挺配合，一動不動地杵在那兒，回瞅著我。說牠身軀胖胖、腿短短固然可愛，眼神中倒有那麼點倨傲，一點不怕我。一會兒，拍完照的隊友都走遠了，亂石堆後響起頻頻土撥鼠呼喚的哨子聲，我的鼠模特兒不安地轉身低頭，一溜煙消失在土石堆的地洞中。我的畫才畫到一半，只得作罷。

鞋襪仍是溼冷，每一步都不舒服。又想起剛才土撥鼠那副「個頭小小卻要頂天立地」的狂妄表情，怪的是，這表情酷似在家離我七百公里外的大兒子：兩天前才為了他滿房間熏臭亂扔的襪子嘮叨發雷霆，叫他收拾彷若耳邊風，動都不動。數週來下了課就獃在房間打手機、發短訊，除了吃飯和在冰箱裡翻巧克力之外，根本見不到他人影。最近他態度傲慢，時常口出惡言整聽話乖巧的弟弟，對我的耳提面命吊兒郎當，更讓我鼓足了氣燄，非把這個自以為是的跩樣兒給馴服下去。我說，你才十三歲，現在就敢用這種態度跟你老媽說話，有種你現在就去自立更生好了！他居然掉頭就走，只撂下一副倨傲的眼神。任我怎麼喊，那個當年跌跌撞撞學走路、黏著媽媽要抱撒嬌的小男孩是不復存在了。轉眼間竟是個高過我半個頭的桀驁少年，而我完全拿他沒轍！

原以為上山來作畫幾天，好讓自己轉換心情，忘記平日瑣碎的柴米油鹽醬醋茶，還有最近和兒子頻繁惱人的爭執。誰知在兩千多米的深山中，一隻土撥鼠又撩起我的記憶——唉！直到離家當天，兒子仍沒來跟我這個受傷又固執的媽道歉……

丘丘

我不知道這個黑髮塌鼻杏眼的女人盯著我畫些什麼，不過我看得出來，她覺得我模樣英俊。我也回瞪著她，告訴她，妳現在踏過的可是我丘丘的地盤，這亂石土堆下的洞穴網路都是我挖出來的！（咳咳，承認是誇張了點）。偏偏媽媽又吹起哨子催促我了，一會兒要我鑿洞，一會兒要我收拾坍塌的土堆，實在煩！其實我們這一窩中，最會鑿洞挖地道不就數我？出去覓食採苔的時候，也是我的收穫最豐富：吃飽了，還能拖一大把山蘗、野花、石苔回洞等著過冬，當然是留給我自己吃的。

可是媽媽就喜歡挖挖那種——有事沒事黏在她身邊跟她撒嬌。媽媽可呵護著挖挖了，他鑿洞半吊子，但是挺會收拾土堆；採苔也普普通通，吃不飽看著我的份就眼紅，哼唧兩下，媽媽就硬逼著我把拖回來的好東西拿出來跟弟弟分享，而且一說起道理來就沒完沒了，我一煩就翻白眼，刻意把礙路的土堆亂扔、冬眠穴裡的儲糧弄翻，然後踐出地面找樂子去。媽媽在身後猛吹哨子喊話，我也給她喊回去。

男子漢大丈夫是不哭的，沿著亂石堆和陡峭的短草坡奔跑時，肯定是山風把小土粒吹進了眼睛，我竟然在掉淚！忽然很想念小時候媽媽哄著我的樣子，她教我們認識石礫和土質，握著我的小爪子施力鑿洞，那時她每每誇我聰明，說我學得快；她採了石苔，嚼碎，溫柔地餵在我嘴裡，叫我要多吃點，因為鑿洞是很費勁的；然後她鑿了個舒服柔軟的洞，輕輕地把我刁進去，叫我要好好睡，快快長大。

就這樣，我睡了長長的一個冬天，醒來的時候覺得無比饑餓，自己也嚇了一跳，原來媽媽給我鑿的寬敞舒適的冬眠穴，怎麼一下子變得這麼小？

我抹乾眼角莫名其妙的淚珠，一下鑽地洞，一下跑地面，我又追上了那些健行隊的人們，他們行動緩慢地登上了山峰。那個黑髮塌鼻杏眼的女人坐在山巔的十字架旁，又拿著她的帶毛樹枝，在白本子上比來畫去。我非得靠近看看，她到底在筆畫些什麼。

Cindy

我竟然登上了阿爾卑斯山中有名的匝莽峰（Zamang Spitze）。山下的霧氣緩緩地升上來，頓時撥雲見日，一目千里，山谷中的溪流、森林、鄉鎮在陽光下燐光閃閃。顧不了寒冷從浸溼的鞋襪裡往上竄，我找了塊大石頭坐下來，把遠近山景化作色塊，教它留在我的寫生簿裡。

畫畫的時候什麼煩心事都忘了，忘了冷，忘了家，甚至忘了我是個媽，一心只是流動的色彩。大筆一揮，青青遠山就收在白紙上，彷彿我也伸個懶腰，化作綿延山巒躺在大地上。

畫完一張畫，非得起身舒展舒展，四處走動走動，長久坐在冰冷的山石上免不了腰腿僵硬，何況，這三百六十度的山景環繞，每個角度都能入畫，只恨光影雲朵的移動遠快過我的畫筆。從背包中取出保溫壺喝口熱茶，啃個蘋果，乎見眼前草堆中唏唏簌簌，竟又鑽出來剛才那隻土撥鼠，這回牠更是近在咫尺，就連牠一抽鼻子一撚鬚我都看得清清楚楚。

我們這麼對望了兩三分鐘，我想到把蘋果分一小塊給牠吃吧。便小心翼翼地把小塊蘋果擱在我倆中間的地上，然後假裝不在意，往反方向走了兩步，再轉身時，牠竟然抱著蘋果塊啃食起來。既然這麼不怕人，且把先前未完成的土撥鼠水彩素描繼續畫下去。

畫完了，背景是綿延陡峻的阿爾卑斯山，把畫本反過來給牠鑒賞鑒賞，牠居然認真地看了兩眼，然後就不予置評地溜跑了。

健行隊下山的時候陽光普照，遠近山景一片色彩斑斕。上山容易下山難，每一步都得夠穩、膝蓋微微彎曲，以防關節受損。我的隊友們操著難懂的方言，一路有說有笑，我實在插不進去，卻見那隻土撥鼠又時不時來跟著我們，在山石短草間出沒。連領隊都注意到了，「Cindy，那隻土撥鼠似乎老愛來找妳，是不是想討妳回去當老婆給牠打地洞啊？」

（上）山谷中溪流、森林、鄉鎮在陽光下粼光閃閃。（下）健行隊登上了前人豎立十字架的山峰。

不知道牠有什麼打算，不過估計這小伙子是看不上我這個老婆娘的，只知道好不容易給自己放三天假，不做老婆，也不做媽，腦中不用排得滿滿的盡是接接送送、洗燙衣服、料理三餐……等長長的to-do清單，只管讓自己睡足吃飽了，爬山、畫畫、爬山、畫畫、聽聽不懂的方言笑話，跟著傻笑，然後躺下來，眺望山中小屋窄窄窗櫺外的無際山景，腦筋空空的，心裡滿滿的，還是想孩子，想著回去後不再嘮叨罵人，也不再沒完沒了地說大道理。

土撥鼠把我們引到一處草原山坡，山坡上有幾幢空蕩上鎖的小木屋，木屋的後門有個縫隙，牠一踡身就溜了進去，一會兒功夫就抱了個大蘋果出來。啊，這下我恍然大悟，牠是要報我贈蘋果之恩，所以特帶我來此處拿蘋果。領隊說，這是山下富人的山間避暑小屋，裡面的儲糧可豐富了。八月以後主人才會上山來，一年大半的時間這些屋子卻都是空在這兒的。

坐在陽光下吃蘋果作畫，又聽到了典型土撥鼠呼喚的哨子聲，一隻肥大臃腫的土撥鼠出現在山坡彼端，身後還跟了幾隻小個兒的，我的土撥鼠朋友看看我，瞧瞧那兒，奔向牠的同類。

（上）山坡上空蕩上鎖的木屋是富人夏天的避暑屋。（下）參加寫生健行隊的隊友們。

遠遠的，還是看得出那隻肥大臃腫的母鼠一身強悍，卻是略顯疲倦、不修邊幅。不知道土撥鼠的世界裡有沒有這種遙遙離家健行團，她喜歡畫畫還是Spa？等她產下肚子裡一窩的小幼鼠，也該找時間出去走走、散散心了。

鹿角與愛情

我是蕾（Reh），一頭母梅花鹿。我跟姊妹同伴一樣，對自己生為鹿身，從未問過為什麼，有什麼意義。我對自己身軀、動作、覓食和巢穴感到理所當然的自在，覺得生來就住在這兒廣稠森林裡，挺好。冬天有灌木叢和樹洞，提供我溫暖，讓我藏密，夏天有原野芳香可口的青草，還有鮮嫩的樹皮讓我啃食。我沒想過，若不做鹿，我會是什麼？若沒有森林，世界會是什麼？我的個性是什麼？我連我是否有個性都不知道。姊妹同伴都警覺羞怯，我就跟她們一樣吧。稍有聲響，我們就害羞逃逸，躲到陽光都照不到的深林裡去。即使有時我有一點點好奇，想知道那些聲響到底是什麼，但是姊妹們呼喝著「跑！」我就跟著跑哼。

偶爾，會被餵飽慣懶的獵狗追，這最好玩兒！放心，牠們可追不到，我們可喜

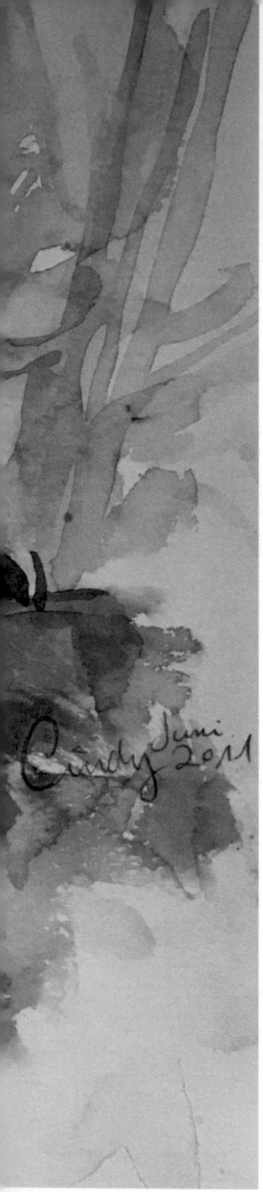

歡捉弄這些笨狗了，引著牠們越奔越深，任他們直立行走的兩腳獸主人，怎麼呼喚吹哨子都叫不回。這些不中用的，早期野狼和獵狗的後代，現下連繁殖後代都操控在那些兩腳獸的懸空爪子裡。平時吃飽了又撐著，跑兩下還時常心肌梗塞，猝死。

去年秋天，我和媽媽姊妹們在綿綿細雨大霧爛泥中奔跑，險些迷了路，一個不經心，衝得太快，莫名其妙我一下子衝出了樹林，觸地在硬梆梆沒有落葉和泥土的地上，一個極刺耳的巨響從我身邊擦過，一頭龐然怪獸，以疾速從硬梆梆的路上衝出來，差點兒撞上了我。我嚇得愣住，這怪獸停在我眼前，牠沒腳，只有四個轉輪，兩個眼睛發出像太陽一樣的光芒，極光閃耀得我一下子視線模糊，忘了跑。從怪獸的身體裡，忽然出來一隻直立行走的兩腳獸，高大壯碩。他似乎也嚇呆了，張著嘴巴，瞪著我。

拉得弗森林異童話

故事中的故事

那是一種奇妙的感覺，我應該是怯懦的，但是我似乎不能把目光從他身上移去。他，說不出為什麼，一個完全的異類，即便頭頂完全沒有美麗的鹿角，仍然吸引著我。等我回過神來，才想起媽媽姊妹們早不見了，恐懼襲擊我，一蹤躍，且跳入另一端的森林裡。

我知道是他，這隻兩腳獸，那時從四輪巨獸裡走出來的，和我相互注視多時的公獸，後來時常到森林來找我。我在灌木叢後躲著看他，他牽著狗（也是隻被兩腳獸寵壞的東西），在森林裡流連，時而坐在樹下，那棵樹的樹皮參參差差，發出剛被我啃過的汁液清香。他坐在那兒畫畫兒，畫的是我。我知道畫裡的那隻鹿是我，不是別隻，因為他畫的眼神，就是我，我當時就是這麼看他的：怯懦，又無法把眼神移開。我想起來了，是好奇，這兩腳獸是如何駕馭那龐然疾速的四輪怪獸的？還有這怪獸雙眼所發出的太陽般的光芒。

媽媽說，我長得漂亮，等我再長大點，要找頭強壯的公鹿。小時候同窩的兄弟們，好些已長著傲人的鹿角，在森林裡耀武揚威、爭強鬥勇，我和姊妹們一方面喜歡偷瞄他們雄赳赳的鹿角，一方面又假裝一點不在乎。姊妹們湊在一塊兒，就在議論那些頂著鹿角的男生們，看到他們也轉頭來打量我們，我們就佯作吃草或啃樹皮，其實根本無法專心咀嚼，因為心跳猛烈。

可我，怎麼回事？看到這隻兩腳獸卻也心跳猛烈，我覺得能駕馭四輪怪獸的他比擁有鹿角更威武。媽媽姊妹們一再告誡，不可接近異類，偏偏我有事沒事故意走脫鹿群，在他常出現的那棵樹邊留連忘返。他還寫詩，他把詩高聲在森林裡朗誦，說什麼秋天和蕾邂逅，霧濛濛的天色和什麼深邃又清澈的雙眸，從此叫他朝思暮想，徹夜難眠。他說他想到蕾，心中就小鹿亂撞，為什麼小鹿亂撞？那隻小鹿指的是我嗎？原來我一直在他心裡撞嗎？啊，我臉紅心跳！

但是，自從看了他為我作的畫，聽了他為我寫的詩，我覺得，心中的一種什麼，似乎被喚醒了。我不再是我，對自己身軀、動作、覓食和巢穴不再有確定感。看了他的畫，才知道我天生警覺羞怯的眼神，還可以有別的意義，我不太懂深邃和清澈是什麼，但是我開始有意無意練習流轉眼波，想像我在他的心中，小鹿亂撞的樣子。

我覺得跟姊妹們不一樣，她們熱烈地討論哪隻公鹿的鹿角最英俊時，我的心早已出了竅，只顧豎直了耳朵，傾聽是否有兩腳獸帶獵狗進入森林的聲音。我刻意靠近那些吃撐了的獵狗，逗著牠們來追逐，然後刻意放慢腳步，幻想若被牠們追上，說不定會被帶去直立行走兩腳獸的世界。那個世界裡，還有眼睛發強光的四輪巨獸。他們雖沒有傲人的鹿角，但是他們會畫畫和寫詩，還會駕馭那種四輪巨獸。

我是第席特．耶格（Dichter Jäger）。我把我的梅花鹿皮背心遺忘在佈雷爾城堡裡了。在……應該是在宴會大廳盡頭的雕花凳子上吧。那天城堡的遊客不多，但天氣異常悶熱，我就把鹿皮背心脫下來，拿在手上。宴會大廳寬敞，除了我，沒什麼其他人參觀，四面牆上掛滿了巨幅油畫和鹿角標本，都是幾世紀以來皇家貴族的肖像，和他們狩獵捕來的戰利品。我拿出相機拍攝這掛了無數鹿角標本的大廳，想到了蕾——她其實應該是他們的伴侶吧？但是不論蕾跟的是誰，牠們都成了炫耀獵績的標本，和我飽暖輕便的鹿皮背心。我撫摸著我的鹿皮背心，撫摸著蕾。

這鹿皮是蕾，去年秋天我險些開車撞倒她。我下車來，看看到底是什麼東西忽然衝到馬路上。就這樣，我遇到了她的眼神。那個眼神，一言難盡，不管醒著、睡著，總在腦海裡晃蕩。

我常去森林裡找她，帶著狗，尋找靈感，時而畫畫，時而吟詩，讓薛福（Schäfer）順著牠靈敏的鼻子嬉戲奔跑。薛福只是追著玩，天性使然，畢竟牠的血源原是獵犬。但被我嬌寵慣了，沒有獵食的生存必要，從來沒咬到什麼獵物，只是鼻子一嗅到野味，就按耐不住，拚了命的追跑，怎麼叫都沒用。誰知道四個月前，在初春猶有融雪的林子裡，居然讓牠給攫住了一頭母鹿。薛福首次捕獲獵物，還不是什麼野兔烏鴉，而是頭漂亮的梅花鹿，牠興奮地在她脖子上死勁狠咬，用了吃奶的力氣將獵物拖來，我衝過去時，母鹿已氣若游絲。我一頭霧水，憑薛福那兩下子，怎麼可能捉得到鹿？一接觸到那鹿的眼神，我馬上認出，是她——蕾，深邃清澈，一直瞅到我的靈魂裡去。

我請專人把蕾的皮毛扒下，做成背心，鎮日貼著我的背和心，剩下的，做成汽車椅墊，霧濛濛開長途的路上，我不再忐忑了，不再懼怕什麼動物突然從林子裡衝出來撞車。

上週，路經佈雷爾城堡，據說，城堡建於十三世紀，內部堂皇富麗，想想還有時間，就進去參觀。除了幾世紀來貴族皇家累積的價值連城的收藏品，讓我瞠目結舌的，是一長廊和大廳的鹿角標本。有的纖細，想必是小公鹿的角，有的巨大寬碩，宛如對稱的大樹枝。大到我難以想像，原來頂著角的鹿頭和鹿身該會有多龐大。在森林裡頂著這麼雄偉的角，被貴族獵人追起來，容易卡樹吧？難怪成為獵人們爭相角逐的戰利品。現在時代不同了，獵鹿必須要有執照，只有在自然生態不平衡的狀態下，才允許申請狩獵。但是直至上個世紀初，狩獵都是成人男子們的熱門遊戲，好比今日打高爾夫球。

這樣冥想著，忽然，我覺得澳熱難耐，就脫下毛皮背心，拿在手上。拍完了照，說不出來為什麼，心事重重，信步至停車場，才發現車子有遭竊的痕跡，窗戶被打破，我急切地檢查是什麼掉了。但是自動導航系統還好端端的在哪兒，我的行李也完好如初。究竟是什麼被竊？

啊，是駕駛座上的鹿皮坐墊！這時才回過神來，我的鹿皮背心呢？是拍照的時候擱在雕花凳子上了嗎？我要衝回去尋找，卻被警衛擋在入口——閉館時間已過，請另外擇日再來。只是，再來可不容易。我懊惱，怎麼可能忘了它／她？是我忘了它／她，還是這一城堡的鹿角靈魂把蕾給留了下來？又或者，是蕾自己情願留下來相伴她原有的歸屬?

空曠的停車場上風聲蕭蕭，一聲聲吹著「喝虛、喝虛」（Hirsch，Hirsch）。

我想起，她對我以身相許的時候，還是頭對自己不確定，憧憬愛情的少女處子鹿。

註：本篇文章中所用的幾個德文名字，都是有意義的：

蕾（Reh）——指小鹿

第席特．耶格（Dichter Jäger），Dichter——詩人，Jäger——獵人

薛福（Schäfer）——牡羊者

喝虛、喝虛（Hirsch- Hirsch）Hirsch——公鹿

鬱悶蜜棗節

九月，又是蜜棗成熟的季節。果農們在棗樹下紮緊了大網，然後使勁搖，深紫色的蜜棗就淅瀝嘩拉地落下來，落在網子裡。蔬果攤上，棗子堆得小山般高，除了搶購的家庭主婦，還有饞涎的秋日黃蜂，嚶嚶嚶地繞著棗子山打轉。

這時，每家都在烤蜜棗派。發酵派皮上鑲有甜膩發光的棗塊，再擠上一大朵一大朵的鮮奶油。每個人都在吃蜜棗派，黃蜂們也跟著搶……

拉得弗森林小鎮兩週前就開始汲汲營營地準備一年一度的「蜜棗遊樂市集」（Pflaumenkirmes）。唯一的一條大馬路上，張貼了大幅布條，「歡迎蜜棗遊樂市集」到來，木板彩繪的笑臉警察提醒你：遊樂市集時段，交通管制！

前後八天的光景，遊樂市集內旋轉木馬、碰碰車和海盜船張燈結綵、音樂震天價響，小鎮外緣的省道、鄉間馬路卻一反往日悠閒，繞路的車隊將森林路段堵得大排長龍，何況，森林伐木工程車又占據了半邊道路。這堵塞狀況實是罕見。

瑪麗翁的車也被塞在其中。她一早趕著去上班，嘟囔著塞車真煩。昨晚寂寞難耐，就自怨自艾地烤了一大個蜜棗派，烤完了又悶著頭吃。眼看著逐漸走樣的身材，人生一萬個不公平！車子反正堵著，就對著照後鏡再補補口紅。鏡子內顯出惱人的黑眼圈和魚尾紋，趕緊用手指按摩兩下，拍打失去彈性的肌膚。這個時候，鏡子中出現後面車駕駛的注視眼神——他看著她，微微上揚的嘴角，忽然張開咬了一口什麼糕餅，在上唇留下一抹白，舌尖隨即掃過清除。這簡直，故意挑逗嘛！從鏡中看得見：那個小伙子身穿工作服，開的是輛小貨車，車頂標識字樣「愛心動物之家」。瑪麗翁趕緊拿出大框墨鏡戴上，很有影星架勢地捋捋頭髮，刻意把套裝的領子豎直，霎時間自覺女性魅力又回來了些。這車不知道要塞到什麼時候！肚子又咕咕叫了，她拿出紙袋中昨天剩下的蜜棗派，派緣的奶油花已經有點坍塌，一口咬下去，剛擦的口紅又暈了。

瑪麗翁的前面是臺大巴士，巴士裡盡是不安分的小學生，後排的那幾個更是調皮搗蛋，跪在長排椅上透過大玻璃窗向後車做鬼臉。小男孩故意瞇著眼睛，繃著微嘟的嘴巴，極盡誇張地學女人抹口紅，旁邊的男孩也起而效仿，笑得東倒西歪。瑪麗翁心想，今天是怎麼了？後面開小貨車的小伙子注視我，前面的小男孩也逗我，這麼有魅力的話，那經理為什麼好久不約我幽會了？但見前車踱步而來的年輕女老師，插著腰，蹙著眉拎起那個帶頭男孩的耳朵，嘰哩呱啦地訓話。女老師往瑪麗翁車裡瞟了一眼，是什麼人開車還犯無聊，跟小孩子做鬼臉？

女老師媞娜二十九歲，擔任小學老師有七年了。帶全四年級的孩子去郊遊，參觀蜜棗遊樂市集是每年例行的活動。市集上的手工藝品固然好看，但是拖著一大幫孩子哪有時間看？只能像聒噪的鵝媽媽似的，跟前呼後地管秩序。逛完了還要再出每年必出的作文題「逛蜜棗遊樂市集遊記」，改一樣的錯字和文法疏漏。最煩的是，跟著鬧翻天的孩子在巴士上，以蝸牛速前進，耳朵都給他們震聾了。而且孩子們在車上吃蜜棗派，搞得座椅、手把上都是糖漿奶油，地上跌得滿滿的蜜棗、派皮碎屑，不聽話的甚至手沾奶油，往玻璃窗上亂畫。巴士歸還時若沒做到維護清潔，租車費用是要大大追加的。早上離校時校長才這麼叮嚀了一遍。

媞娜定期運動，本來就年輕，身材好沒話說。雖然當的是保守小鎮的小學老師，總是穿短裙褲襪高跟鞋去上課，這時站在巴士後面訓話，撕著喉嚨罵似乎也壓不過孩子的嬉笑喊叫，忽地一個緊急剎車，她一下沒抓緊，栽了一個大跟頭，剛才沒收來的蜜棗派正好糊得她一臉一身。還是前座的女生乖巧，把老師扶了起來，後座的男生摀著嘴偷笑。她狼狽地站起來，瞪了一眼開巴士的司機法蘭克，才注意到法蘭克正貪婪地瞄她短裙春光外洩，而且也在偷笑。法蘭克反應遲鈍、嘻皮笑臉地說了聲對不起，但是拜託媞娜老師，行駛間即使車速緩慢，還是請勿在車內走動。前面忽然從林中衝出一隻小松鼠，大搖大擺地過馬路，為保護野生動物，只好緊急剎車了。

塞車本就是考驗人的耐性，載了一車喧囂的小學生更是看你神經夠不夠大條。法蘭克在巴士公司上班也有好幾年了，公司、學校團體郊遊需要租用巴士的，老闆就派活給他幹。有的時候一連好幾天都有接送不完的團體，有的時候巴士公司生意清淡，他就連灌好幾天的啤酒。以前都沒事——開車、灌啤酒、開車、灌啤酒，日子過得很愜意，半年前有一次，也是接送小學生，臨行前居然有家長安排了警察安檢，除了檢查車子的剎車、油箱、防火措施是否完善、有沒有被恐怖主義分子安裝炸彈外，還在司機法蘭克身上做文章——呵氣、驗尿、平衡感都測了，結果顯示他體內酒精成分太高，被記警告，吊銷他三個月的駕照，巴士公司也因他要接受處罰。自此之後，老闆對他總持懷疑態度，有事沒事就要自行檢查，愜意的生活一去不復返。這會兒車上有小學生，不比一般員工郊遊，不准放他平日鍾愛的（猥褻）脫口秀，實在無聊透頂。幸虧帶隊的年輕老師還有點姿色——裙子短短腿長長，且看我找個機會逗逗她，嘻嘻嘻……

可愛的小女生坐在司機後面，拍了拍竊笑的法蘭克肩膀，說：「司機叔叔，你真好，這麼愛護小松鼠！請你吃我媽烤的蜜棗派。」法蘭克感動地接過糕餅，大咬了一口。咦，奇怪，什麼東西硬梆梆的夾在蜜棗派裡？卡得我牙齒好痛。用舌尖攆了出來，啊，竟是一粒未清除的蜜棗核，搖下窗戶，「呸」的一聲往外吐，無巧不巧正好打在反向車道的保時捷911上。

哇，這下完了。華格納愛車備至，「鏘」的一聲，什麼玩意兒砸到我的前車玻璃？還留下一道噁心巴拉的黏液。他心情本來就不好，開跑車就圖一個「飆」，現在塞在這兒，只能無可奈何地空踩油門，起碼享受一下引擎低沉性感的咆哮。居然有人這麼大膽，敢丟東西汙穢了我的寶貝車？啟動車窗按鈕，探頭望望旁邊到底是什麼車。無奈跑車本就特別低矮，龐然大巴士的司機連後腦勺都看不清楚，一車的小學生看來也很鬧，該找誰算賬呢？唉，認栽吧！火氣沒處發，還是放空檔、踩油門、享受引擎聲浪——別人羨，自己爽。這可惹惱了他車後二十五年車齡、一修再修的老福斯。

老福斯的車主愛麗絲本就是激動環保人士。她也趁著塞車無聊，正在吃自己烤的蜜棗派。她的食物向來強調有機、少油、少糖，每天不知花多少時間在垃圾分類、回收資源上。平時若不是非常必要，一定走路或騎腳踏車，絕不開汽車。就算非得搭車，也儘量使用大眾捷運系統。無奈住在森林小鎮，大眾捷運系統很不發達，何況蜜棗遊樂市集時段，就連公車都塞車。為了去大城市辦事，今天不得已，非開車不可。就挖出二十五年不淘汰、牌子老品質好的福斯——方向盤超重、窗戶卡住很難搖下來，雨刷下雨的時候不刷，不下雨的時候猛刷，收音機每轉一個彎就會自動換臺，除此之外，從沒讓愛麗絲失望過。她最受不了那些開大車、跑車的愛現族，特別是現下森林省道內塞滿了車，不知已排出多少廢氣汙染森林環境！前面這個渾蛋居然還故意猛踩油門放出額外的烏烟瘴氣。愛麗絲擇善固執、仗義直按了兩聲喇叭警告前車。

這兩大聲喇叭可嚇壞了正要過馬路的小松鼠。最近托蜜棗遊樂市集之福，松鼠家族可忙乎了，甜甜圈、糖葫蘆、炸薯條和棉花糖被人們扔得一路一森林，松鼠們就忙著撿。祖先那種只靠拾核果過冬的上古日子早就過去了！現代的松鼠，冬眠日子裡，吃食可有變化了。只是松鼠族一直沒搞懂為啥，牠們的平均體重年年劇增，爬樹、跳枝頭的能力則大幅度減退，小松鼠從小就被餵食人們丟棄的蛋糕和薯條，看到堅硬的核果，任爸爸媽媽怎麼說怎麼勸，撇過頭就不肯吃，然後各個都得了「過動松鼠兒症」——明明看到一馬路的車，還是瘋瘋癲癲地衝過去。

小松鼠被兩聲「叭！叭！」震得暈頭轉向，忘了該跑哪兒了。踉蹌之餘他本來抱著的蜜棗派也掉了，只是顫抖地在車間鑽來鑽去，大巴士裡的小女孩第一個探出頭，喊著：「看，松鼠，松鼠啊！」接下來一整排的孩子都擠到窗戶邊來，伸出頭要逗松鼠，不少孩子還刻意往下扔軟糖和派皮碎塊。夾在大巴士和眾多車輛的間隙中，呼吸的儘是油煙廢氣，小松鼠覺得自己快要昏倒了，「媽媽呀，媽媽妳在哪兒呀？」著急躊躇之際，忽然從天而降一個大網子，不由分說地將小松鼠網入。開「愛心動物之家」貨車的小伙子吉米，塞車無聊，一邊咀嚼他的蜜棗派，一邊從側後鏡觀察迷途小松鼠。看到牠遲疑不前，心想，這是我該出動的時候了——一網就網住了這肥胖驚愕的鼠輩。他開了貨車後門，裡面都是現成的籠子，籠子裡有小兔子、野狗和野貓，他把網中掙扎的小松鼠扔進關有小兔子的籠子裡。

「愛心動物之家」是非營利單位，家裡想養寵物又買不起昂貴品種的，就去那兒抱一隻回來。可是吉米有的時候也自作主張，把一些他捉到的罕見畜生賣到貴族寵物店。嘿嘿，他想，這隻肥松鼠肯定可以賣個好價錢。

車子繼續緩慢移動。吉米、瑪麗翁、華格納和愛麗絲都在聽車上的調頻臺，報導最新森林區塞車狀況。記者臨時插播：「一個小朋友在遊樂市集內，邊走邊吃蜜棗派，一不小心咬下了停有黃蜂的糕餅邊角，黃蜂則狠狠回咬了小朋友的舌頭。現在小朋友有過敏現象，竟在摩天輪上昏厥過去。托兒所老師已叫了救護車，請森林省道上的開車朋友聽到救護車警號儘量讓路，畢竟救命要緊。」這時從森林彎路的

蜜棗派。圖片取自：http://foto.wohnen-und-garten.de

盡頭傳來「喔噎、喔噎」的救護車警號聲，縱使車輛挪移困難，還是配合地靠往兩邊讓路。

看著救護車閃著藍燈，呼嘯地開過大排長龍的車陣，每個塞車的駕駛人都暗自願望：把自己的車頂也安裝個警號閃燈吧。但是無奈，他們一邊看錶，一邊詛咒，還是一邊吃蜜棗派……

燈籠節之吻

Wer nicht mehr liebt und nicht mehr irrt, der lasse sich begraben

——Johann Wolfgang Goethe

若不再戀愛不再迷失，還不如入土埋葬了吧！

——德國文豪 歌德

一年一度的聖．馬汀燈籠節又到了。十一月中旬，下午不到五點已經一片漆黑，霧茫茫而雨殷殷，時不時還飄點細雪花，這時大街小巷內「小不點燈籠隊」就三三五五、閃閃爍爍地邊走邊唱出現了。燈籠隊的旁邊一起走的是「爸爸媽媽跟班團」。

我提著我的燈籠走，我的燈籠跟著我走。

天空裡閃爍著星光，地球上我們亮煌煌。

我的燈熄了，我該回家了。

啦乒乓，啦乓乒，啦蹦蹦蹦。

孩子們唱完了歌，大人們就發糖果或小禮物獎勵。

「小不點燈籠隊」終於到了我們這條街上來了。我們這街上儘是些五、六〇年代造的老式公寓房子，三至四層樓，紅磚黑瓦。住在這兒的不是老人，就是單身租

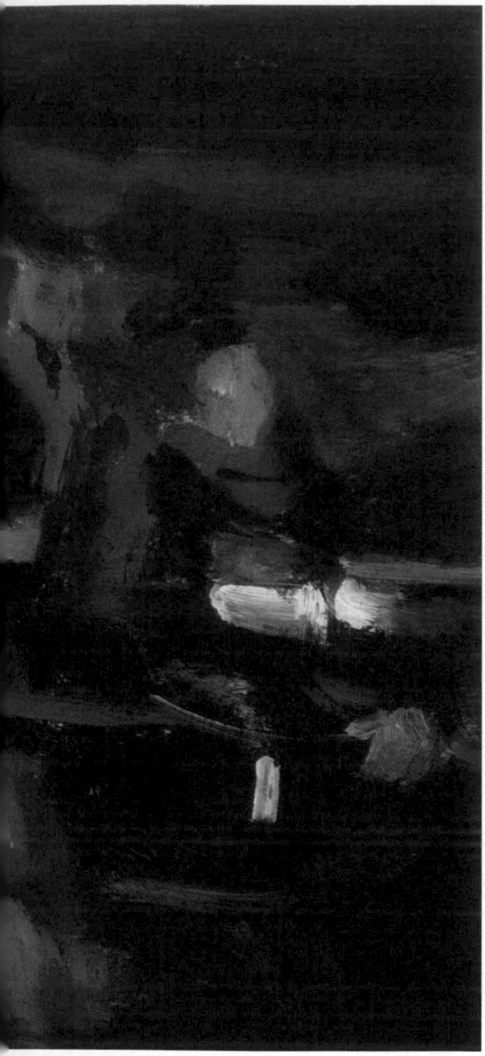

小不點燈籠隊。

戶。老頭老太們最興奮孩子們提著燈籠來要糖果了，給單調的生活憑添了點節目。早早就準備好了糖果、餅乾、橘子、核桃，包成小份小份的，有的自個兒偎顫顫倚著樓梯扶手發糖果，有的只能靠家人或看護推著輪椅幫忙。

而那些單身租戶們平時忙著上班、約會，自己沒孩子，哪裡想得到燈籠節得發糖果這回事？只好急匆匆地找出印有公司Logo的原子筆，或過期的行事曆拿出來分送孩子。

為了節省能源，樓梯間的照明燈超過五分鐘後就自動熄滅，以防住戶們疏忽忘了隨手關燈。

七、八個小不點們提著燈籠，沿街挨戶地唱歌要糖果，走到最後這棟公寓時，很明顯的已經非常累。他們人來瘋地一下猛按了八戶的電鈴，把老頭老太和其它住戶都召到樓梯間來，以便唱一遍「燈籠歌」就好，糖果卻能收齊八份。三只燈籠的小燈泡剛剛已經把電池燒完了，兩只風吹雨淋後燈籠宣布報銷。兩個年紀小的，走不動了，吵著要抱，燈籠也不想提了。剩下的兩只，估計也支持不了多久。孩子們的歌聲參差稀落，擠在狹窄樓梯間的隨行大人們也搓著手、哈著氣取暖，累得眼神游移。

歌唱到一半，忽然，樓梯間的省電裝置燈熄了。剩下的兩只殘破燈籠明滅閃動著，完全沒有照明的能力。一片黑漆抹烏，孩子們一驚，歌聲啞然止住，慌亂找電燈開關的當兒，只聽到一聲「唉……啊啊……」的喘息。燈光一恢復，八十五歲華德老先生的特別看護瑪麗忽然失聲尖叫。她睜著老大的眼睛，一副見鬼的表情。

華德老頭退休前是中學的德文教師，一輩子最愛讀歌德。老伴早走了二十幾年，現在一人住，由外地的女兒安排看護照料。他坐在輪椅上，四肢僵硬，說話含糊不清，眼神時而哀傷、時而空洞。

孩子們歌也忘了唱了，大夥尋著那個大叫聲源看去。小麗莎舉高了她的大白鯊紙燈籠，要媽媽抱，白紙剪出的尖牙利嘴被風吹歪了，像華德老頭沒戴好的假牙。看護瑪麗停止了尖叫，瞪著大白鯊燈籠怔怔出神。小麗莎的媽媽打破沉默，問她到底是怎麼啦，出了什麼事？為什麼大叫？只見她目光停在布克曼先生的臉上，定睛地說：「是你嗎？你剛才吻我！」口音很明顯不是道地德國人。

布克曼太太剛剛哄睡了坐在娃娃車裡的半歲老二，四歲的奔尼吵鬧不休，他的「憤怒鳥」燈籠被雨淋散了。做媽的被兩個孩子哭鬧地煩，還沒搞清楚狀況呢，只聽到站在一旁的老公震怒地反駁：「什麼跟什麼嘛？妳這個德文也講不清楚的外籍勞工，有自戀狂啊？這樣亂巫賴我！」布克曼太太嚇了一跳，頓時一臉懷疑，但畢竟胳臂得先往自己人彎，還是幫著搶白：「我老公一直站在我旁邊，怎麼會去吻妳？」心裡卻想，平白無故，她怎會說你？看我回家怎麼跟你算帳。

看護瑪麗也傻了，不是布克曼，那是誰呢？她記得有一次她幫華德老頭倒垃圾，在門外透口氣，抽了會兒菸，出來遛狗的布克曼先生正好經過公寓門口，他的狗硬扯著鏈子衝著瑪麗手上的垃圾袋嗅來，布克曼說他們家Wolfi最愛跟嘴形性感、講話有東歐腔的美女撒嬌，有沒有興趣跟他一塊兒帶狗去林子裡走走啊！

瑪麗知道，布克曼絕對不會跟一般德國（強勢）女人講這種不三不四的話的，就是衝著她是外國人來德國打工，特別揀她的豆腐吃來著。

瑪麗恍惚，捋捋蓬鬆的頭髮說：「不好意思，對不起，大概是我弄錯了。」把準備好的糖果發給孩子。麗莎的媽媽接過小包糖果，對瑪麗說：「妳隻身一人來外地打工，不容易啊！要小心壞男人喔！」

壞男人？吻我的是壞男人嗎？瑪麗還有點暈頭轉向。把華德老頭推進公寓電梯，樓上的單身漢德爾克為他們按了「2」，然後目不轉睛地盯著她。平日做健康食品推銷員的德爾克大部分的時間都在東奔西跑，難得在家，卻被孩子們急驚風的電鈴聲給吵出了門。他哪裡記得什麼燈籠節發糖果這種事？我哪來的糖果？一時間卻想起箱子裡還有好多過期的推銷贈品：雞精、養生茶包、美容維他命、滋補壯陽酒，就全拿出來充數。想不到孩子們高興地猛說謝謝。

瑪麗明明記得樓梯間短暫的晦暗期被什麼人環抱住脖子，然後兩片嘴唇貼上來，嘴唇特別柔軟，像是沒有牙齒，那種感覺還在唇邊。難道，是你嗎？樓上的小伙子，你幹嘛老瞅著我看？德爾克終於開口了：「呃……方便的話，可以來府上和二位談談敝公司的產品嗎？我們的舒筋活血按摩油和銀杏膠囊都很適合您，華德老伯。」又衝著瑪麗看護說：「呃……您要不要試試我們的蘆薈護手霜？還是……」

「不要跟我們推銷，」瑪麗的德語有些生硬，說：「剛才，不是你……抱我的吧？」她不好意思說「吻」這個字。

「很抱歉，不是我。」德爾克轉念一想，又說：「如果您擔心沒事被擁吻的話，請隨時記得用敝公司出的薄荷漱口水，保證您無時無刻都口氣清香。」瑪麗覺得很窘，現在人人拿她當笑柄。

瑪麗把輪椅推出電梯，到了家門口，往口袋裡一掏，才想起剛才為了拎糖果，竟然忘了帶鑰匙。她想，樓下哈特威家有一副華德家的備用鑰匙，就決定下樓去借鑰匙，四肢僵硬又言語障礙的華德老頭則被留在進不了的家門口等待。

到了公寓大門的信箱間，忽見剛才的布克曼先生又折回來，趴在地上找東西。

「你要找的是不是這個？」瑪麗一眼就看見，那個卡在樓梯瓷磚縫隙間的塑膠「憤怒鳥眼睛」。布克曼找到他們家奔尼遺失的燈籠裝飾，鬆了口氣，連忙說聲「謝謝」，又說：「妳別太靠近我，等下又亂說我什麼親妳抱妳的，教我在鄰里以後怎麼做人啊？」

「很抱歉！我……我以為，你上次那樣跟我說話，我……」

瑪麗囁囁嚅嚅的樣子，還真教人憐。布克曼忽然很想多逗逗她，就問她：「剛才站在進門樓梯口的，除了我還有誰靠你比較近？」

瑪麗認真地想。孩子們在唱歌，我站在華德老頭輪椅後面，布克曼站在我左邊，樓上的德爾克在我後面的階梯上，而我的右邊是？

「沒錯！想起來了吧，誰叫妳唇形性感，而且講話帶東歐腔，我看想打妳主意的人不少啊！」布克曼說完就哈哈大笑，把「憤怒鳥」的塑膠眼睛揣進褲袋走了。

想起什麼呀？瑪麗頭腦一片空空，怎麼也想不起誰站在她右邊。心事重重地，她去按哈威特家的門鈴借鑰匙。

哈維特老夫婦倆在小鎮市中心開肉店，各式各樣的德國香腸都自個兒灌，自個兒煙薰、風乾。他們家算是這棟公寓房的屋主，是樓上好幾間單身漢公寓的房東。不只如此，街盡頭的草原牧場也屬於他們家的，他們的牛隻百來頭，自己屠宰、冷凍，牛奶則出售給奶製品加工廠。提燈籠唱歌的孩子從他們家領來的可不是一般糖果，而是自家生產的小包火腿和肝腸。

門一開，烤肉飄香，聞得人胃痛。瑪麗告知來意。

「鑰匙啊，好，我去拿，妳等等。」瑪麗想起來了，原本站在她右邊不是一身火腿味的哈威特老闆嗎？但是燈亮的時候，他不見了，只剩下胖胖的肉店老闆娘。

哈威特家的五歲小外孫丹尼爾這時也跟著擠到門口來，他的燈籠癮還沒過完呢！他把剛才搜刮來的糖果、餅乾、原子筆、小卡片還有維他命喉糖……等都塞進幾乎支離破碎的「火箭」燈籠裡，興匆匆的跑來門口獻寶。看到門口是剛才尖叫的樓上看護阿姨，就說：「我知道剛才是誰親妳哦！是好心的聖．馬汀的靈魂，他喜歡幫助貧窮的可憐人，老師跟我們講過他的故事，燈籠節就是為了紀念他喔。他一定是覺得你太可憐了，就給你抱抱親親。」說完，小丹尼爾從他的「戰利品」中挑出一顆毫不起眼的軟糖，遞給瑪麗看護阿姨，說：「送妳吃，可憐的外籍勞工……」

這時哈威特老闆娘剛好取了鑰匙來，聽到小外孫這麼胡說八道，噱了他一句：「小孩子不要亂講話！」又說：「唉，看來華德的病情是不見好轉了，妳年紀輕輕整天陪著一個不會動、不會講話的老頭也不容易。這些碎肉屑你拿回去給華德煮粥，他沒牙，吃粥配點碎肉應該還行。」瑪麗道了謝，忍不住問：「剛才，孩子們來提燈籠唱歌的時候，哈威特老闆也在場嗎？」

「他在呀！後來他想到烤豬腳得關小火，就先進去了。發糖果這事，有我來應付就行了。」她欠身抱起外孫，又說：「真是歲月不饒人啊！小丹尼爾的媽，就是我女兒佳比，當年中學的德文老師就是華德先生呢。華德他真是飽讀詩書的好老師，開口閉口都是引經據典的。唉，現在連話也不會說了。」

瑪麗拿了備用鑰匙，怔忡地回到二樓華德家門口。華德老頭仍安靜地坐在黑暗中等著，頭歪斜在一邊，眼皮無意識地下垂。開了門，把華德老頭推進去。公寓裡一片漆黑，瑪麗一邊脫鞋，一邊找電燈開關。忽然，脖子被摟住，嘴巴不由分說地被吻上。那個嘴唇特別柔軟，唇後似乎沒有牙齒。吻得天旋地轉，瑪麗完全摸不到電燈開關，只聽到文弱顫抖的聲音說：「Wer nicht mehr liebt und nicht mehr irrt, der lasse sich begraben...」（若不再戀愛不再迷失，還不如入土埋葬了吧……）

瑪麗不再尋找電燈開關了，她回吻，並用生硬的東歐腔跟著戀愛又迷失的德文老師唸：「若不再戀愛不再迷失，還不如入土埋葬了吧！」

室內漆黑，但窗外又隱約聽到「小不點燈籠隊」的歌聲：

天空裡閃爍著星光，地球上我們亮煌煌，
啦乒乓，啦乓乒，啦蹦蹦蹦。

過往，今生，「娃娃車」

杰夫正在招呼來訪的客戶，這次的會談很重要，牽涉到今年下半年的訂單合約。雙方談價錢的緊要關頭，祕書非常不好意思地探頭至會議室，「抱歉打擾！杰夫，請接二線電話，有位BMW的銷售員薛佛說有急事找你。」

淡淡的三月天，陽光明媚，草原上一簇一簇的雪鈴鐺兒花，含羞垂首地綻放。恩雅一覺醒來，想不起來這一覺到底睡了多久，現在到底是什麼時辰了？我睡了整整一個冬天嗎？怎麼春光倏地如此燦爛？這麼好的陽光，她想，該推著小杰飛出去走走、呼吸呼吸新鮮空氣、曬曬太陽了。明明該一下蹦起身的，卻不自主地行動緩慢，怎麼回事？睡迷糊了？她想起來了，是生完小杰飛復原不佳。也難怪，月子中沒一個幫手。而漢斯跟他尚未離婚的妻子還在談判，估計房子、車子、女兒都要歸他妻子；除此之外，工廠事情很忙，他說他沒法天天來看她。

生完孩子特別容易累，恩雅沒日沒夜地睡，沒日沒夜地等著漢斯來。

舉步維艱，她感覺胸腔空虛，小腿打顫，步伐移動不聽使喚。還好，嬰兒車就放在床邊，小杰飛裹在襁褓裡看不到臉。恩雅握緊了推車扶手，亦步亦趨走向大門。去門口看看吧，說不定漢斯就要來了，正好去門口迎接他。他來，該給他做點什麼好吃的呢？她想著，從玄關穿衣架上取下了外套披上，老母老是杵在玄關更衣鏡那兒嚴厲又哀怨地瞅着她，怪她不該跟個有婦之夫，沒名沒分的，現在又拖了個孩子，這接下去日子該怎麼過？她覺得很對不起老母，每次都叫她別說了，回家吧，這是我的命！阿母啊，我這輩子就是跟定了漢斯，有名分沒名分都無所謂。

她搞不懂老母為何不走，不是滯留在玄關，就是待在浴室。

之前她在浴室盥洗，老母也是這麼瞅著她，她跟母親說，社會局的工作是暫時辭掉了，但是負責寫專欄的社工雜誌仍在做，每個月得交出一篇文章就好了。憑她多年來的社工經驗，寫作材料多的是，隨便掰它個兩三篇不是個問題。而且稿費很優，加上以前的存款，漢斯的接濟，帶個小嬰兒的生活不是問題。這麼跟母親說完，她想著，該是截稿日期了吧，我正在進行的主題不是「戰後遺孀和孤兒的處境」？行事曆上還記了好幾個該採訪的遺孀家庭呢！奇怪，稿子都被擱到哪兒去了？還有，隔兩天我復原好點真該去做採訪了！待會兒漢斯來得問問他有沒有把我的稿子收走了才行。

推著娃娃車增加平衡，好走多了，小杰飛真乖，安安穩穩地睡著，我們進城吧，恩雅躬身跟娃娃車說。

春陽熱力不足，刺眼有餘，涼風灌進敞開的領子裡，恩雅打個寒噤。她一邊推著車，一邊數著路邊的雪鈴鐺，哼著〈春神來了〉給小杰飛聽。忽然，一個女人提著籃子迎面走來：「哎呀，恩雅夫人，您怎麼不等我，一個人出門了呢？」

「你是？」恩雅問：「我們說好了要一起出門嗎？」

「我是社工蘇菲亞啊，」蘇菲亞邊說邊攙住了恩雅：「瞧您，怎麼穿著睡衣就出來了，外套也不扣上，風很涼的，您這樣會生病的！」

社工蘇菲亞？大概是社工雜誌的編輯，跟我催稿子來了。恩雅想到稿子不知擱哪兒去了，很是著急，絕對不能跟她說遺失了，要是讓她知道了，丟了這個專欄飯碗不是糟了！

蘇菲亞堅持恩雅推車回家，先把衣服換了、藥吃了，再出門不遲。

「可是，小杰飛得出去曬曬太陽啊！」恩雅說。

「您兒子杰夫他這會兒正在忙呢，只怕沒時間去曬太陽嘍。」蘇菲亞說。

「是嗎？他又忙著堆積木了，他真聰明啊！呵呵呵……」

蘇菲亞給恩雅更衣、梳頭，恩雅愣愣地給蘇菲亞擺佈著，心裡卻老想著她的稿子，上回寫到哪兒了？她很是擔心，一會兒這個叫蘇菲亞的社工問起，該怎麼說呢？還是自己先招了吧。

「那個……戰後遺孀和孤兒的報導，我……」

「我知道，您寫得很好！那篇報導文讓您得了當年的報導文學大獎，好幾個電臺都來採訪您，您舉例的家庭都因此而得到了社會關懷和救濟呢。」

「什麼得獎？」

蘇菲亞放下梳子，徑自往書架走去，取下一疊講義夾，拿來給恩雅看，「您看，這一疊的《社青》都有您寫的專欄，」說著她翻開其中的一本，偌大的標題「孤寂的女人、迷失的青春——探討戰後遺孀和孤兒的社會定位和處境」，蘇菲亞自顧自地朗讀了起來，讀了兩句，又翻開另一期雜誌，其中一篇正是祝賀本刊專欄作家恩雅・霍夫曼榮獲一九六七年的報導文學獎。

「妳……妳到底是誰？妳給我出去！」恩雅反應大出蘇菲亞的意料，她氣急敗壞地說：「妳居然剽竊我的文章，我的名字，甚至……」恩雅氣得發抖。

「恩雅夫人，您誤會了！我……」

「原來是你偷走了我的稿子！還拿去參加什麼比賽，太過分了！現在又故作姿態來跟我邀稿，我交不出稿子來你們正好有理由取消我的專欄、解我的聘！實在太趁人之危了！」

蘇菲亞不說話了，重拾梳子過來。

「走開！我不要你給我梳頭！我要去洗手間。一會兒漢斯要來，我得去買點菜，小杰飛也得出去透透新鮮空氣。」恩雅用臂彎打落蘇菲亞的梳子，危顫顫地站起身，卻覺得暈頭轉向，蘇菲亞即時扶住了她，她不安地左右張望，「小杰飛的娃娃車呢？小杰飛哪兒去了？」蘇菲亞轉身把恩雅的助步車拉過來，讓恩雅握緊了把手。恩雅躬身對推車說：「小杰飛，走，我們出去！」

她先在浴室耽擱了一陣子，解衣、坐馬桶、起身似乎用盡了畢生的力氣，幸虧馬桶旁設有手把才勉強站得起來。她搞不懂，自己的動作怎麼會這麼遲緩呢？是因為月子沒坐好嗎？大腦似乎需要雙倍以上的時間才能把指令傳到肢體神經去。老母又在注視她了，「阿母啊，妳為何老是杵在洗手臺後面？妳回家吧。待會兒漢斯來我這兒看到妳會不高興的。」滿臉皺紋斑點、頭髮花白蓬鬆的老母只是哀怨地瞅著她。

「妳不用為我擔心雜誌社專欄的事，等我復原好一點，等漢斯他把妻子、女兒的事安頓好，他會搬來跟我和兒子住，我也會找地方發表文章的。」

老母一句話不說，看來很痛心的樣子。

「阿爸戰後失蹤已經二十多年了，弟弟妹妹都成家立業，我陪在妳身邊也夠久了，青春都快耗盡了，現在終於讓我遇見了漢斯，生下了小杰飛，雖然還沒有名分，可是我很滿足。漢斯和我是真心的，我真的不再回去妳那兒了。」阿母還是沉默。

「唉，妳就是不聽……」

她推車經過玄關，拿外套，戴帽子，蘇菲亞在一旁投以關心的眼神，恩雅態度冷漠，不要她幫忙，蘇菲亞說：「那，我明天再來看您。恩雅夫人，您自己出門小心了！」恩雅像沒聽到她說話似的，只顧對著穿衣鏡喃喃自語：「阿母，瞧你又呆在這兒了，妳勸我也沒用的，我就是在這兒等漢斯來……」蘇菲亞搖搖頭，她很想多跟恩雅談談，但是沒有時間，社會局給她的獨居老人造訪名單可是長長一串哪。

恩雅推著「娃娃車」踽踽獨行，她不知走了多久，走過了林間小徑、墓園，走過漢斯．巴赫的墓，墓碑邊上刻有「未亡人恩雅．巴赫泣立」的字樣，但是墓前恩雅並未駐足，走過住宅區，進入了市區，她走得很累，口乾舌燥，急需坐下來休息，往身旁一看，長排落地櫥窗內有嶄新流線的汽車，那臺休旅車看起來真好，行李箱寬敞，擺得下小杰飛的娃娃車，有了車，就不用這麼艱辛地步行了，也可以常帶小杰飛去看阿母，漢斯如果不方便來，我去找他也可以。她撐著疲憊的身軀，推車步入車店，從口袋裡拿出錢包，遞給迎面而來西裝筆挺的汽車銷售人員說：「你數數錢，我買這臺！」

助步車？娃娃車？。

銷售員薛佛攙著恩雅，協助她試坐到駕駛座裡面來，跟她解說這款車的性能，電腦觸摸式操控螢幕鍵盤、自動導航系統、遙控對講機……恩雅只是重復著說：「你數數錢，我就買這臺BMW！」薛佛疑惑地打開她的錢包，除了翻出一張健保卡，還有一張社會局發的「行動不便、失智老人優待證」，卡片裡有特殊狀況緊急聯絡人的大名和電話：杰夫．巴赫。

杰夫對汽車銷售員薛佛說：「請把電話交給我媽，我跟她說。」

「媽，現在我有重要客戶，不方便過來，妳就坐在那兒安靜休息等著，我叫媞娜馬上過來接妳！」恩雅聽著電話裡的聲音，眉頭皺得越來越深，且露出緊張、恐懼的表情。她把電話移開，認真地請求薛佛：「請趕快把車鑰匙交給我，我得馬上開車走人，漢斯他現在不能來，他老婆卻不放過我，現在就要來要人了！」恩雅越說越急，指著她的推車：「小杰飛、小杰飛，趕快給我抱上車來！」

接著她眼前一片黑……

母牛驗孕的故事

從瑞士開了七個多鐘頭的車回家，幸虧事前下載了David Safier的新有聲書《Muh》，一路上邊走邊聽故事，感覺時間飛一下地就過去了，車到家門口還沒聽完最後一個章節，大家幾乎捨不得下車呢。

《Muh》講的是一頭叫羅樂的乳牛，有一天開始問自己，難道「牛生」中除了吃草、反芻、趕蒼蠅、擠奶和拉牛糞餅就沒別的意義了嗎？後來她聽說有一個叫做印度的國度，在那裡牛隻神聖當道，於是在牛群中發起「出走」，其他三隻乳牛就隨她勇敢地闖出了牧場，展開了她們的精彩冒險故事。

有一天羅樂忽覺下腹抽動，「小蘿蔔」跟她說：「妳不會是懷孕了吧？」羅樂嚇了一跳，「真的嗎？哎呀，大姨媽也好久沒來了。該怎麼確定呢？」小蘿蔔憶及以前老牛奶奶教的土方法：找一隻青蛙來，往牠身上撒尿，如果青蛙變成藍色的，就證明有身孕了。

好不容易去沼澤區找到了隻青蛙，母牛們問青蛙願不願意做她們的「驗孕器」，青蛙被四隻巨牛圍在中間，八支牛眼緊盯，聽到問題天旋地轉，失去意識之前，牠說：「等了三輩子美女來問願不願意被親吻，才可以搖身變王子，現在居然被母牛問願不願意被撒尿！」

失去意識的青蛙在牛尿中載浮載沉，緩緩地從泥綠色變成了藏青藍。啊，羅樂肚子裡真的有小牛了！

今早起來要給小兒子龍龍做早餐三明治，才發現上禮拜買的麵包早就長了藍毛毛的霉。我塞給龍龍幾塊歐元，叫他去學校福利社買早餐吧，麵包發霉了。他湊過身來一看，說：「矮油，是什麼懷孕蟲蟲在麵包上尿尿了啦！」

不對不對，我說，麵包又不是青蛙，不是什麼東西都可以作驗孕器的。

話說，藥房裡的驗孕試紙條一支賣十五至二十歐元，貴死了！想及我家後院小池塘裡夏天好多青蛙，夜裏蛙鳴震耳欲聾，早就想把牠們抓來教訓教訓。若能將牠們當驗孕器賣，自然環保勝過化學試紙，只是要如何讓青蛙乖乖蹲在婦女屁股下被灑尿、不亂跳？這個技術問題還待解決。

眉毛和蝨子

天氣熱起來，什麼都長得特別快，院子的草坪幾乎每個禮拜都得除；我的眉毛也是，特別是眉下的小寒毛也倏乎乎冒出來，有礙觀瞻，非拔不可，拔乾淨了眉型方才精神又秀氣。看著鏡子裡的雜毛，我橫眉豎眼很心煩，恨不得一口氣全把它們拔光！

咦，我的眉毛夾呢？翻遍了梳妝臺、鏡子櫃，就是找不到……

安德烈最近有了新興趣：邊跟狗狗親熱廝磨，邊從牠的厚毛裘底下摸出皮膚上的凸出物——死咬住皮脂的吸血蝨子，然後掏出老早準備好的蝨子夾，叫我過來板住狗狗扭動的身體，好叫他下手又穩又準，用小夾子夾緊一抽，就把吸血蝨從皮下完整地拔出來。他說，若沒夾好，拉斷了身體，嗜血的蝨子頭卻還留在皮下，可就不好，所以，適用的夾子很重要！

我點頭，很稱職地一腳跨過大狗狗的背脊，雙臂環緊牠的頸項，穩住，咦，一驚！這夾子……不是我遍尋不著的美容眉毛夾？何時變成了狗狗的蝨子夾？

說時遲那時快，安德烈已拉出憨醉暢飲、臃腫無力的肥蝨子。這蝨子原本米粒般大，吸飽血的時候卻撐得有如一顆泡漲的黃豆，圓鼓鼓的根本咬不住狗皮膚，輕輕一拉就出來了。我的美容眉毛夾柄擰著血蝨的身體，安德烈像在檢視古代經典密文似地，將它抬高對著光線細看，清楚看到牠飽到睜不開的雙眼，尖嘴嘶嘶彷彿還在貪杯。

忽然牠小眼一睜，見我們四只人眼瞅著牠，恐懼又猙獰，安德烈二話不說，「啪噠」扣下打火機，把我的眉毛夾當「蝨子狗血糕串」般燒烤，「滋滋滋」的碳烤聲叫全身汗毛豎立，特別是眉下那些未拔的雜毛忽然長得特別快，像鯰魚的黑鬚鬚！

這個眉毛夾我再也不要用了，即使安德烈百般道歉，先把眉毛夾用鹽水蒸煮消毒，再泡在他最愛的威士忌裡——吸取十五年的單一純麥精華，我還是氣得發抖，眉下鯰魚黑鬚鬚像鞭子般張牙舞爪，被我瞪到最好夾著小魚翅趕快逃。

（上）我的眉毛夾。（下）左邊為吃飽了的肥蝨子，右邊是飢餓的瘦蝨子。

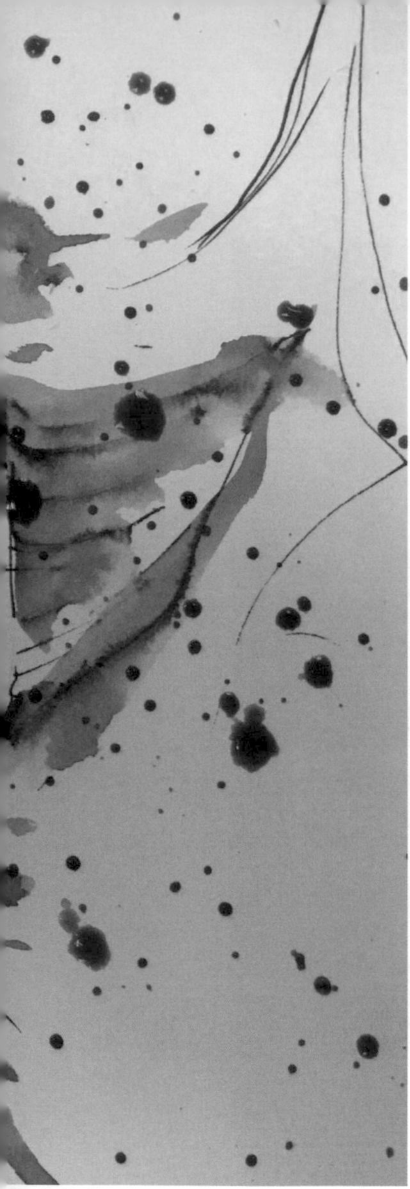

狗狗毛裘底下的蝨子還是沒減少，眼看天氣持續炎熱，草叢裡蝨子繁衍迅速，丫滴長毛山犬每出去溜一圈，就會帶回幾隻嗜血蝨子。蝨子貪婪地咬住她的厚皮，越吸越肥，梳毛的時候老卡住梳子，用指尖往下一摸，就摸到了那顆黃豆般大的吸血球。可是眉毛夾還泡在威士忌瓶裡，沒人敢拿出來用。

園丁大鬍子歌納德來幫我弄花除草，休息時他老愛在樹蔭下跟我家大狗狗玩，渣巴渣巴的大鬍子跟厚毛的狗狗親熱、蹭來蹭去，我站在家裡落地窗前往外看，鯰魚的黑鬚鬚開始唸咒語：蝨子，跳到大鬍子裡去！蝨子，跳到大鬍子裡去！

眉下的那些雜毛長得特別快，像鯰魚的黑鬚鬚。

歌納德的老婆漢娜蘿荷跟我學畫畫，兩次沒來上課了。再來的時候，我問她怎麼了，她等下課人都走了才神祕地跟我說：「最近不知著了什麼魔，全身毛髮都癢，坐立不安、夜不成眠……。皮膚科、婦科……都看了，心情很糟！」

我忽然一陣心虛，想起他愛狗的大鬍子老公和鯰魚的咒語，低下頭去、抹了一把眼角，大概把眼妝給抹花了，漢娜蘿荷盯著我愣了兩秒，才說：「咦，妳……妳的的眉毛怎麼？怎麼短了半截？」

我的眉毛！唉，別提了，用安德烈的電動刮鬍器修眉，一個不小心就剃掉了半邊眉，所以，最近只好靠畫眉補短了。無奈天氣熱，一出汗，眉妝就掉了……

哈哈哈，妳怎麼那麼好笑呢！要用眉毛夾呀！眉毛夾用處超廣的，我家一根眉毛夾，幫老公擠痘痘、烤雞的時候拔雞毛……都派得上用場，用完用鹽水蒸煮，再泡在酒精裡消毒就好了嘛！

我跟她說，那妳試試用眉毛夾找找老公的大鬍子裡，有沒有蝨子，把牠夾出來！記得夾乾淨了才准老公再親妳，聽懂了嗎？

機場的菸槍

飛臺北。

法蘭克福機場內設有玻璃吸菸室，玻璃牆上貼滿了「駱駝牌香菸」的廣告畫報，裡面擠得水洩不通，燈光晦暗下，癮君子神情恍惚又急促地點菸、彈灰、吸菸、吐菸……誰也不跟誰說話，只是忙不迭吸完這最後一根菸，待會兒上了飛機，又是好幾個鐘頭都沒點菸的份兒……想到此，就對手上的香菸又愛又恨，噘起了嘴猛吸兩口，讓我想到瓊瑤小說裡男主角把女主角扯進懷裡、狂吻前的臺詞：「你這個折磨人的小東西，讓我的心又愛又痛，我到底該拿妳怎麼辦？」

說實在話，誰也不會說他們是「神閒氣定地吞雲吐霧」。一個大約三、四歲的孩子扯著媽媽的褲子問：「媽咪，我也要去那個玻璃屋！看，有好多駱駝喔！他們在幹嘛啊？」

媽咪一臉恐嚇狀，拉長了顫抖聲調跟孩子說：「他們是S～mo～kers～，非常非常不健康的地方！寶貝千萬不可以去！」表情就像在講「虎姑婆」的故事。

「S～mo～kers～」，小男孩模仿媽媽顫抖的恐怖聲調默唸一遍，忍不住多對那煙霧彌漫的玻璃屋投上好奇的目光，心中記下smokers=monsters=好多煙＋好多駱駝，等我長大，一定要去裡面玩，好酷！

回程。

我拎著大包小包行李往一號航廈的火車站月臺方向跑，我劃到的座位二十五車廂該從月臺末尾的G定點上車。跑經F定點的時候，被月臺地面上用黃線框起的大圈圈給擋了路，需要稍微繞道才能行。這次沒有「玻璃吸菸室」，敞開的月臺空間只是用黃線在地上圈起個大框框，黃線框框裡擠滿了Smokers，一手緊握著行李箱的推柄，另一手夾著讓人愛恨交織的香菸。離火車進站還有四分鐘，這班ICE特長，月臺上從A定點到G定點都站滿了人，這些靠近F定點的吸菸者，待會兒若是得從A定點上車，火車一來可有的跑了！

法蘭克福機場內的玻璃吸菸室——好多好多駱駝喔！

到了G定點站定，我忽然發現身後有位特立獨行的Smoker，他先從香菸盒裡掏出一根黃色粉筆，自己在腳下畫了個圈圈，好像在宣告：這是我的專屬吸菸區。在他的圈圈裡，人和菸不用跟其他的smokers爭一席之地，他們有屬於自己的隱私。他氣定神閒地點菸、吞雲吐霧，雖然只有四分鐘，那是一個深情、深刻的長吻。

啊，就算是做可憐／可恨的菸槍，也要擁有爭取自由的精神和鬥智。他們的革命暗號就是：菸盒裡的一枝黃粉筆。

這一切到底是怎麼開始的？讓我想想。

吃晚飯的時候，老媽說了個故事：什麼叔叔還是舅舅的（媽媽那邊說中文的親戚關係實在太複雜，我至今搞不懂），把他家寵壞的兒子送去國外上了兩個月的暑期班，住在朋友家。結果那位朋友對這位大男孩施行「放牛吃草政策」——早晨自己起、上課自己去、衣服自己洗、早餐自己吃、房間自己理，禮貌、恭敬、順從還一樣都少不了。大男孩無奈，苦於人生地不熟，語言又不通，只能唯唯諾諾、任人冷落，回想起在家裡做大少爺的風頭，這兒不是「流放邊疆」是什麼？

聽說這位「少爺」兩個月後回家像脫了層皮——長大了，成熟了，獨立了，最重要的，他懂得感激媽媽。

老媽說完這故事，意味深長地瞅著我。我？我故意大把地把薯條往嘴裡塞，再用叉子戳起整塊炸豬排，和著濃稠的洋蔥醬汁，「加吧加吧」大口咀嚼，假裝沒聽到。說真的，我最討厭這種含沙射影的寓言故事了。

老媽給她自己做的是「梅乾菜扣肉」，她說，那個黑漆麻烏又滴黑水的菜，是外婆特地從家鄉寄來的乾貨。為了把肉燉爛，她用悶鍋燉了一整個下午，弄得全家都是那個味道。下午羅伯特來我家玩線上遊戲的時候，還捏著鼻子問我：「你媽在煮什麼東西？這麼個怪味兒！」我翻翻白眼，跟他說"Chinese specialty"。

這玩意兒我可吃不了。老媽就做了香煎豬排配炸薯條給我。

講完了「變乖少爺」的故事，她拿出中文課本，要我吃完飯練寫漢字。我一邊吃，她一邊碎碎念：誰誰誰家阿姨的兒子，跟我年紀相當，也是德國生長的，連「哈利．波特」都能用中文看，怎麼就我這麼不爭氣，學幾個漢字記不了半天，下回看到了還是相逢只恨不相識，連幾個最基本的字都認不了，虧我在學校還屬功課強的好學生呢。接下來她搬出一大堆道理，說學中文有多麼重要，而我從小耳濡目染已有多大優勢云云……。講到最後在我耳裡只剩嗡轟轟的blah blahˊ blahˇ blahˊ，直到我被自己大喊的一聲嚇了一跳，「我一個漢字也用不到，學個屁！」

老媽的臉很臭（估計吃了那種黑黑臭臭的梅乾菜要香也難），總之後來她說，若沒把第五課〈大家來拍球〉的生字給她默寫出來，別想再上網玩什麼線上遊戲了。

「第五課，大家來拍球。拍皮球，拍皮球，大家來拍球。你來拍，我來數，一二三四五……」

天啊，這是什麼白癡課文？我都十四歲了！老媽大概不知道我平時閱讀的德文書內容已有多高深，而網上聊的那些「父母限制級」的東西，她八成也沒概念。不管怎麼說，我真的看不出任何該學「拍皮球」這三個低能字該怎麼寫的道理。

打從心裡抗拒寫漢字！

當我憤恨恨地幾乎捏碎了〈大家來拍球〉的那一頁書而睡著的時候，隱約聽到老媽對我喊：「再不，送你也去上個『漢字勞改營』，看你學不學！」

※※※

鬧鐘發出奇怪的聲響，它不再「嗶嗶嗶嗶……」地把我叫醒，而是由小聲漸轉大聲地念出「拍皮球，拍皮球，大家來拍球。你來拍，我來數，一二三四五……」最後大聲到震耳欲聾，連檯燈都要爆裂的地步，居然沒人來叫我起床！我發現，這不是鬧鐘，而是掛在牆上的擴音器。我揉揉眼睛，隱約聽到從窗外傳來的鏗鏘聲，才發現我竟然睡在一間大通鋪的宿舍房間，其他的床早已空了。

忽然，丹尼爾衝進房間，在床墊下翻了半天，找出了幾張破卡片，支支吾吾地念著：「大、人、木、中……，可惡，盡是些不值錢的字，看來今天又只能喝清粥了……」

丹尼爾和我一樣，有個從中國來的媽媽，一天到晚逼他學中文。必須承認，他比我用功聽話，能認的字比我多幾個。但是，他媽對他的學習成效也不盡滿意，這點讓我倆同病相憐。除此之外，他跟我其他的德國同學沒啥兩樣，都愛上線打電腦、跟同學發簡訊打屁、在YouTube上找些爆笑影片來消遣、沒事耍耍酷。

「瞧你急匆匆的，」我說：「在忙什麼呀？」

「欸，你還沒起來呀？」丹尼爾說：「待會兒滿地的馬鈴薯都被刨光了，看你今天賺得到幾個字？」

「賺字？刨馬鈴薯？你在說什麼啊？」我說。

「哎呀，你是睡糊塗了嗎？我們在『漢字勞改營』啊！我勸你趕快穿好衣服上工吧，不然那個監工可有藉口整你了。」他又從床墊下翻出了幾張卡片，塞入褲袋，「沒時間跟你說了，薯條、豬排、巧克力和冰淇淋販賣車來了，我得去看看存的字卡夠不夠買上一份來解解饞，我真的喝怕清粥了……」話沒說完只見他已經衝出房門。

出了宿舍，終於搞清楚剛才聽到的鏗鏘聲是什麼。只見百來個和我年紀相仿的孩子們拿了鋤頭，在寒冷乾裂的土豆田裡挖呀挖的，發出鏗鏗鏘鏘的聲音。他們背上馱了個大簍子，刨出的馬鈴薯沉重地壓在裡面。土豆田的中央插了個大牌子，牌子上寫了大大的三個看似面熟的漢字「拍皮球」。

一位面目猙獰的凶漢拿著鋤頭向我吆喝走來，「你這隻懶惰蟲，現在才起來，罰你今天只能用徒手幹活，鋤頭免給你了。還不趕快開始刨？今天若沒給我刨出十簍的馬鈴薯就別想要吃飯！」

冰凍乾裂的土豆田怎能用徒手刨？摳了半天也摳不了幾公分，指甲都摳裂了，也挖不到半粒馬鈴薯。這時，十幾米外的一位女孩子傳來一陣歡呼：「哇，我挖到了！我挖到『球』字啦！」挖到「球」字的女孩把字舉得高高的，並且清晰的發出「ㄑㄧㄡˊ」的發音，說：「是Ball的意思。」孩子們都停下了手中的活，挺起身來對她投以羨慕的眼光。

我身旁那位瘦弱的女孩歎口氣，說：「她可好了，『球』字可是三個字中最難寫的，有十一劃，那就是十一個銀圓哪！夠她買一餐薯條、豬排了。」

瘦弱女孩的簍子裡只有兩顆沾滿泥土又迷你的馬鈴薯。她手中的鋤頭對她而言太巨大了，根本使不動。我一向是游泳隊的，個兒頭高，肩臂都是肌肉，就湊過去問她要不要幫忙。她斜瞄我一眼，無可無不可地把鋤頭遞給我，我接過了工具，心想讓她見識見識我的氣力，一鏟一蹭的，三兩下就刨出了十幾顆大土豆，瘦弱女孩終於綻開了笑顏。

我刨出馬鈴薯，她就拾入簍子裡，咱們並肩合作，邊刨邊聊。她叫貝貝，父母都從中國來，在德國鄉鎮經營中國餐館，專賣"sweet-sour"，還有"chop-soy"。連她都覺得父母賣的中國菜難吃死了，偶爾去德國同學家玩，吃一頓Pizza、黑麵包夾鹹肉酸黃瓜真是新鮮啊！她德國生德國長，在學校跟同學都講德語。她父母德語說得不好，逼著她學漢字、習漢語，真是煩死了，這不？有一天一覺醒來，就莫名其妙地到「漢字勞改營」來了。至今都不知已來多久了，什麼時候回得去？從她那兒我終於弄清楚了勞改營裡的規矩：

早晨自己起、衣服自己洗、大鍋稀粥自己買（一碗三銅板）、床鋪自己理、工作累死你，對監工們禮貌、恭敬、順從一樣都少不了。勞改營靠栽種馬鈴薯為生，收成的馬鈴薯則賣給速食連鎖店做炸薯條。我們刨出的馬鈴薯以「簍」為計，交到監工的手上，驗證了質量優劣，發予「字卡」為工資。字卡裡的字全出自于紅色《漢字學習範本》一到六冊，越難的字越值錢。拿卡前必須先能正確發出字音、道出字義，否則就算監工願意付「價值連城」的字卡，你還是「拿不起」。每天中午，薯條、豬排、巧克力和冰淇淋販賣車會來勞改營地銷售食品（啊，這些德國美食啊！），但是一份薯條要五個銀元，豬排或德式香腸則要價七、八個銀元，更別提冰淇淋和巧克力了。我們拼死拼活地刨滿了一簍的馬鈴薯，給監工挑挑揀揀的，最多掙得三到五個銅板，不知要存到何時才能買上一杯可樂喝喝。

這樣呀？那，那個「拍皮球」的牌子是怎麼回事？

「拍皮球」是《漢字學習範本》中第一冊第五課的生字啊，這三個字隨機埋在深淺不一的偌大土豆田裡，全憑你運氣嘍，若給你挖到了，又能準確發音、講出字義，就算發財了，一筆畫值一銀元呢！若是光靠刨馬鈴薯，得刨滿二十簍才有一銀元賺。

「漢字勞改營」的領導主席每天從六冊的《漢字學習範本》中找出三、四個字，刻在牌子上，並埋在土豆田裡，就看我們挖不挖得著，挖著了又認不認得了。「拍皮球」這三個字算簡單的，哼，誰不認識就是白癡！（媽媽咪呀，說的不是我哼？）上禮拜連續出現的都是值錢的難字，什麼「萬壽無疆」、「骯髒烏龜」等等，一個字就值二十多個銀元哪！可惜我從來都沒運氣挖到過。

我心想，這些值錢字我連看都沒看過吧？

忙了一整個早上，貝貝和我刨滿了五大簍的馬鈴薯。貝貝拍掉外層的污泥再擱進簍子裡，我們的簍子裡盡是大顆又白淨的馬鈴薯。我因為沒達到監工的要求，不准買飯吃，但是貝貝賺了十五個銅板，她說她到「漢字勞改營」至今從沒一口氣賺過那麼多，所以特給我買了兩碗清粥填肚子。這白稀稀的粥啊，平時老媽自己熬給自己當早餐吃，而我們（老爸、弟弟和我）當然是吃奶油、火腿，搭配優酪乳還有甜果醬，清粥這玩意兒亂沒味兒的，真不懂老媽怎麼能吃得這麼香。忽然，我聞到似曾相識的味道——臭香臭香的，讓鼻子帶路湊近一看，原來是那些兇神惡煞的監工正在大快朵頤一大盆的「梅乾菜扣肉」。瞧那在醬油裡燉爛的五花肉，外裹著漆黑的梅乾菜，滴著黑汁，監工們忙不逸地往嘴裡送，我……，我恨不得變成勞改營區的那隻野狗，橫衝過來搶他一塊兒囫圇吞下去，就算得挨他一頓毒打都值得。

第二天早上擴音器的Morning call聲響換了個譜——震得天花板都要掉下來的是《小貓釣魚》的課文。我想起來了，這是第四冊第二課的愚蠢短文（再強調一遍，我，十四歲，非常受不了這種哄baby的漢語文章），但是苦於飢饞，只好一邊穿衣服、理床鋪，一邊急匆匆地把生字往腦子裡硬塞。窗外監工的哨子聲催促時，我還瞥了一眼課文後的「字辨練習」：「釣魚」、「釣鉤」，媽呀，漢字真是麻煩！

給我猜對了，那天插在土豆田中央的字牌正是「釣魚鉤」。我集中精神，用「念力」感受這三個字會埋在哪兒，還喃喃唸了個咒語——天靈靈，地靈靈，讓我挖到「釣魚鉤」。貝貝又湊過來跟我一起刨土，還偷塞給我一塊她藏了很久的乾硬巧克力。我把巧克力含進口裡的那一霎那，感動的呀！遠勝過平時在學校收到珊卓拉的調情短訊。珊卓拉金髮碧眼、發育成熟又高挑，為了跟她打情罵俏，我放棄足球隊去參加她的「西班牙語社團」，為此老媽還大發雷霆，說什麼：「中文都沒學好，學什麼西班牙語？」還說：「你有本事，怎麼不影響那個珊卓拉來學中文？」

這會兒含著貝貝給的巧克力，我忽然覺得她瘦小蒼白的樣還真好看。她拾起一顆馬鈴薯往空中一拋，再飛奔過去接，亂髮披散在沾滿污泥的小臉上，轉過身對我說：「今天我有預感，不是你就是我，準能刨出『釣魚鉤』這三個字，起碼刨到一個！」

是我的念力？咒語顯了靈？還是貝貝的預感？那天我挖到了「釣」，貝貝挖到了「鉤」字，咱二人加起來二十四個銀元夠好好各吃一頓德國豬腳大餐了。但是貝貝說突然很懷念她爸爸炒的「咕咾肉」，配上勾芡汁和罐頭鳳梨的那種。監工的廚房裡正好做了這道菜，但他們獅子大開口跟我們索取了整整二十個銀元，換來一小盤「咕咾肉」，貝貝吃得很過癮，我看她開心也覺得很值得。

貝貝跟我開始利用自由活動時間勤念《漢字學習範本》，內容無聊幼稚，但為了填飽肚子沒辦法呀！後來幾天好運接二連三，我們總挖到一、兩個「高薪字」，無法理解的是，我竟然犧牲了「維也納香煎豬排」和「法蘭克福炸香腸」，而用銀元去買了大碗大碗的「梅乾菜扣肉」吃。

有一天，我撿到漢字領導主席遺失的《哈利・波特》中文譯本，一翻開書頁，裡面就掉出一張皺巴巴的摺紙，攤開一看，是「罰寫單」——領導主席歪七扭八各寫了一百遍的漢字句子：

我再也不為難華人！（一百遍）

我要學中文！（一百遍）

立志寫漢字！（一百遍）

挖馬鈴薯。

我終於搞清楚為什麼大鼻子領導主席看似面熟，原來他就是週六中文學校老找碴的惡劣校工，派他出任「漢字勞改營」的領導是他罪有應得。我一口氣讀完他遺失的《哈利・波特》中文譯本，並知道，時機已經成熟，我該回家跟老媽說：「我，長大了，成熟了，獨立了，最重要的，我懂得學習中文的重要，不要再流放『漢字勞改營』了。」

我們——貝貝、丹尼爾和我——正在策劃一場「革命」，招兵買馬、打倒那些惡霸監工們、攻佔美食販賣車跟廚房、奪取土豆田的經營大權，然後凱旋回家。

我汲汲營營、念茲在茲的都是我們的革命，根據計劃，明天一早我們就要糾集勞改同志們先發制「領導監工辦公室」。革命前夕我勉勵同志們早早休息，養足精神。此刻，擴音器的morning call又響了，惺忪中我覺得奇怪，怎麼不是大聲的課文朗誦？而是「嗶嗶嗶嗶……」的一般鬧鐘聲響，伴隨的是老媽不耐的呼喊：起床起床！再不起床又要遲到了！

我猛地睜開眼，沒有大通鋪，這是我的房間，而且一牆壁釘的都是老媽為我做的漢字學習字卡。只是這一次，我每個字都認得！

一意孤行

整理抽屜，在文件夾中找到這篇民國八十五年六月八日登載於中央日報副刊的投稿文章。當時我筆名「欣欣」，原稿是手寫於稿紙上的。讀完了舊文唏噓不已，一切就如同當時寫的，十九年後我終於看出了一切的意義、可以取笑當年以為落寞寂寥的自己……

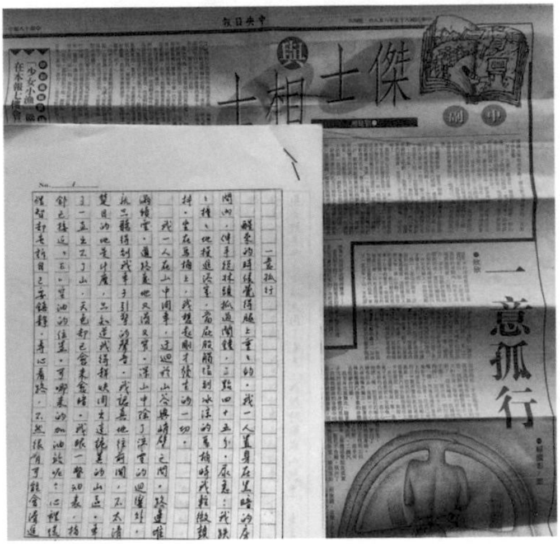

※※※

醒來的時候覺得腿上重重的。我一人置身在黑暗的房間內，伸手從床頭抓過鬧鐘，三點四十五分。尿急！我跌跌撞撞地摸進浴室，當屁股觸碰到冰涼的馬桶時我輕微地顫抖。坐在馬桶上，我想起剛才發生的一切……

我一人在山中開車，迂迴於山谷與峭壁之間。路邊堆滿積雪，道路變得又滑又窄。深山中除了融雪的迴響外，就只有我車子引擎的聲音。我認真地往前開，不太清楚目的地是什麼，只知道我得趕快開出這詭異的山區。車子一直出不了山，天色卻越來越暗。我眼一瞥油表，指針已接近E（空油）的位置。可哪兒來的加油站呢？心裡慌，理智卻告訴自己要鎮靜，專心看路，不然很有可能會滑進深谷裡去的。不知又開了多久，我仍然被困在山路中，車子卻真的沒油了，半滴不剩，我只好把車丟在路邊，下來走路。空氣冰冷，山風刺骨，腳下又是融雪化成的泥濘，可我別無選擇地往前走。回頭看時，車子已隱沒於暮靄中的彎路後。

不知走了多久，一抬頭忽見前面赫然矗立一加油站。我趕緊加快腳步跑到加油箱前，才想起車子早就被遺留在身後。奇怪的是，我熟練地翻開襯衣，大約在身上腰臀的部位找到一個旋轉蓋，我轉開了蓋子，便出現一個加油的洞口，如同車子上的一模一樣。理所當然的，我取下油管，往自己身上的油孔加油。加油箱上的公升數與價格表迅速地跳動，而我則深切明顯地感覺到汽油由腳趾處往上升至腰部、腹部、胸部，一直加滿至喉頭，嘴一張幾乎都感覺到小舌咽喉一帶流動的汽油液。我小心地閉上嘴，把想打的嗝也硬吞回去，免得一不小心汽油由嘴角漏出來。接著我移動漲滿汽油、笨重的身體去收銀臺付帳。

全身沉重無比，隨著步伐的前進和身體的晃動，我略微聽得到肌膚骨架子下咕嚕咕嚕的液體翻滾聲。可是我毅然決然地往回走，努力地拖曳著身軀，向我車子的方向前進。不知走了多久，天已全黑了，又下起了雪，山路旁的螢光反射鏡被雪映得慘白慘白，面無表情地數著我執著的步伐從他們身旁擦身而過。

終於找到了車子，看起來仍十分無辜且空腹孤獨地杵在路邊，對我的遙控車鎖發出「嗶嗶」的招呼聲，頭燈一閃一閃，似乎看到我裝滿一身汽油回來很高興的樣子。我坐上了車，發動引擎並踩油門，說也奇怪，瞬時間全身汽油就經由腳底流注油門內。我感覺到一陣被放水放光光的輕鬆，像泡完澡時把一浴缸的水放掉，水被放到最後在被拉進下水道之前，非在洞口發出巨大的呻吟聲一般。於是我滿足地開車，繼續在山路中迂迴升降前進。

尿完了尿站起身，我忍不住用力抖抖腳，浴室地上濕滑滑的，是牙膏肥皂水滴的？還是我腳裡面甩出的剩餘汽油？睡眼惺忪也看不清楚了。不過那種感覺如此真實，一點也不含糊。我沖了馬桶回到臥室，窗外月光從百葉窗的狹長隙縫中流瀉進來，規律的橫條光影神祕地灑在我們的雙人床上，可是他的那邊空空的，枕頭被子仍疊得整整齊齊，我湊過鼻子嗅到他熟悉的體味，卻不知那兒冒出一陣孤獨恐懼感，於是急匆匆地鑽進被窩，把頭埋入枕頭下瑟瑟地發抖。

早上醒來有些喉嚨痛，臥室裡暖氣爐咿咿呀呀吐出熱氣，把空氣烘得口乾舌燥。我想起今天有駕駛課，駕駛教練半小時後就來接我。我趕緊跳下床，扯開百葉窗，天啊，原來下了一整夜的雪，屋外是一片單調寂寥的冷白世界。

我坐上駕駛座，在教練監督的眼光下調整座椅、後照鏡，並繫上安全帶。教練說今天道路積雪易打滑，要小心駕駛。一會兒他的call機響了，他拿起話筒嘰嘰呱呱地說了些什麼，「了解，我馬上過來。」掛了call機，「那個……」他對我說：「我們往拉得弗森林的山路方向開，我要看看您在雪天彎路上的反應如何。對了，順便我要交一份文件給一個朋友，過了前面的樹林稍停一下。」

教練一副不耐煩地叫我注意來車、看照後鏡、打燈，還會突然兇巴巴地說：「停！」、「慢！」。我在這陌生的小鎮一個人不認識，東南西北也分不清，本來以為可以藉著學車認認路、跟教練聊聊天的，可是看樣子我只是他一天中得對付的十幾個學生之一，他對我的家鄉、語言、文化毫無興趣，就好像大學時我對校園裡的流浪狗也毫無興趣一樣，現在想起，對狗感到慚愧，也許當時狗兒們也很想跟我訴說訴說牠們的身世呢。

教練下車後我在車上等著。引擎未熄火沉沉地抖動車身。樹林中處處堆積白雪，山中寂靜無聲。我想著，自己學開車已經三、四個月了，不知道還要多久才能拿到駕照。為了安德烈工作的緣故，我們住到這偏僻的森林山區來，不會開車就如同殘廢。唉，德國的殘障者都開車呢，他們的車窗上貼有「禮讓殘障同胞」的標示，到處都留給他們寬敞的停車位，我好羨慕他們！安德烈一出差就是十天半個月，我被隔絕於塵囂外的森林，不會開車，連買菜都成問題……

忽然間一陣暈眩攫住我的思緒，腦筋裡轟轟作響的竟是家鄉臺北交通巔峰時段的混亂噪音，霓虹燈和流竄的車燈攪亂了我目光的焦點。不知是哪來的一股靈感或勇氣，我踩了油門就往前衝，「轟」的一聲淹沒了車後教練的呼喊，「喂！喂！停車，你要去哪兒去？」

一些模糊的影像逐漸清晰起來，我分不清哪個是夢境、哪個是真實，也不知道目的地是什麼，一瞥油表指針已接近E，可我一意孤行地往前駛。總會有出路的，我對自己說，是我自己選擇遠離臺北、父母，也不去擠同學都在申請的美國研究所，為了和安德烈一起生活，我們住到這個連德國地圖都找不到的小鄉鎮來。總有一天，可能很久以後，我相信，我會看到這一切的意義何在，那一天來臨的時候，我還可以回頭取笑自以為很寂寞的幼稚自己。

小心翼翼地在山路中開車，左手卻下意識地翻開了襯衣，摸到了在腰臀部間的旋轉蓋，我放心了，意義和happy ending不會是明天，不會是下禮拜，也可能不是明年，不過不要問為什麼，臉上擺出氣定神閒的笑容，在山路中繼續迂迴、升降、前進就是了……

二魚文化　閃亮人生　B046

拉得弗森林異童話
地圖上沒有的德國小鎮 Radevormwald，莊祖欣短篇故事集

作　　者　莊祖欣 Cindy Kuhn-Chuang
繪　　圖　莊祖欣 Cindy Kuhn-Chuang
責任編輯　鄭雪如
美術設計　陳恩安 globest_2001@hotmail.com
行銷企劃　溫若涵、周晉夷、郭正寧
讀者服務　詹淑真

出 版 者　二魚文化事業有限公司
發 行 人　葉珊
地址｜106台北市大安區新生南路二段2號6樓
網址｜www.2-fishes.com
電話｜（02）23515288
傳真｜（02）23518061
郵政劃撥帳號｜19625599
劃撥戶名｜二魚文化事業有限公司

法律顧問　林鈺雄律師事務所
總 經 銷　黎銘圖書有限公司
電話｜（02）89902588
傳真｜（02）22901658

製版印刷　彩達印刷有限公司
初版一刷　二〇一六年四月
I S B N　978-986-5813-77-2
定　　價　三九九元

題字篆印　李蕭錕

國家圖書館出版品預行編目（CIP）資料｜拉得弗森林異童話：地圖上沒有的德國小鎮 Radevormwald，莊祖欣短篇故事集／莊祖欣著. -- 初版. -- 臺北市：二魚文化， 2016.04｜360面；14.8×21公分. --（閃亮人生；B046）｜ISBN 978-986-5813-77-2（平裝）｜848.6｜105002543

二魚文化